給自己的10堂外語課

這是突破人生限制的希望之鑰！

褚士瑩——著

【激勵人生版序言】

學外語，是爲了跟自己溝通

褚士瑩

「爲什麼要學外語？」

每次我提出這個問題時，最常聽到的答案就是：「這樣才可以跟外國人溝通。」

通常，就會有一個人提出來，現在中文越來越盛行，好多外國人都在學中文，而且有一天在世界上說中文的總人口，會超越說英語的總人口。

「如果大家都會說中文，這樣還需要學英文嗎？」

這時候，我通常會得到兩種反應，一種是安心得意地認爲不需要學外語了！另一種是陷入困惑中，不知道該如何回答我的問題。

你會怎麼回答？

一個人用什麼語言，就會怎麼思考

「孝順」是什麼？我打開維基百科，看到釋義裡面有四句話「爲了回報父母的養育、對父母的肯定、尊重父母的指令、基本上不違背父母的意願行事」。

你應該從來沒有去查過孝順在維基百科的定義，因爲一個說中文的人，不需要上網查就知道「孝順」的意思，也會在跟親人的相處中，很自然地考慮自己或別人的行動是否符合孝順、不孝的概念。一個生長在語言裡面從來就沒有「孝順」這個詞語的西方人，就算透過重重的翻譯跟解釋，確實地理解了這個詞的意義，孝順的概念也只會停留在知識層面，而不會進到生活日常，或是思考方式裡。

但是，這就變成了一個有趣的思考問題：如果父母跟子女，都從來不知道「孝順」的意思，也不知道爲什麼孝順有必要，那麼孝順還重要嗎？

同樣是維基百科，將「孝順」的定義轉換成英文版時，孝順叫做 filial piety，這是任何一個母語是英語的人，一看就像外星文的詞，完完全全無法望文生義去理解，甚至猜測這是什麼意思，在釋義中，也強調這個華人圈的概念，跟古羅馬人說的 filial piety 是完全不同的兩回事，請大家千萬不要用古羅馬的哲學觀去理解。

同樣的，一個說中文的人，也不會知道當一個母語是英文的人，在描述一件事情的可能性時，用「possible」時早說出了這件事情可能性低到基本上不用考慮，用「probable」時則說出了這件事情的八九不離十，所以說中文的人往往有嚴重的選擇困難症，認爲只要「有可能」就會躊躇，猶豫不決難以抉擇，而不理解只要「可能」不見得就需要納入考慮。

不信的話，在維基百科裡面用中文查詢「可能」，會看到釋義底下有四個定義：表示可以實現，能否，也許，能成事實的屬性；可能性。但是如果試著轉換語言，卻會發現「可能」這個對我們說中文的人來說，如此平常的字眼，竟然沒有英文的維基頁面。驚訝嗎？我並不訝異，因爲我知道。

我之所以認爲學習外語重要，並不單純是爲了要「和外國人溝通」，**而是知道自己是怎麼想的，別人又是怎麼想的**。而知道別人會怎麼想，腦子裡的**邏輯**是如何運作的，最好的方式，就是理解對方使用的語言。

知道別人的語言之後，也才會知道使用跟自己一樣母語的人，知道什麼，不知道什麼。像我是在學了好幾種外語之後，才知道中文裡大家時常掛在嘴上的「孝順」跟「可能」，是如此不合邏輯。因爲即使說中文的人，只要查詢維基百科對於孝順的定義，也會立刻發現，爲了回報父母的養育，對父母的肯定，尊重父母的指令，基本上不違背父母的意願行事，不但不可能，也沒有必要，就算做到了，也沒有什麼意義。

於是原本是一個中文語詞無法翻譯的問題，卻變成了有趣的人生哲學問題：我們應該要「孝順」嗎？

一旦學習外語，發現中文對於「可能」的理解，沒有區分可能性的高低，翻譯的時候會造成雙方的誤解。曾經韓國有一齣受歡迎的連續劇，講述富家子弟跟小學老師因爲遺產繼承問題而發生的一系列不可思議的故事，劇名就叫做「1％的可能性」。

這又會變成另外一個有趣的思考問題：如果一個手術的成功率，有百分之一成功的可能性，我們應該考慮嗎？

如果從小自然而然就說英文的人，知道可能性低的不用去考慮，只需要考慮可能性高的，所以病人聽到醫生說只有百分之一成功的可能性，根本就不會考慮動手術；但是一個華人聽到媽媽的手術有百分之一成功的可能性，卻會說「既然有可能，我當然應該拚拚看！」而且認爲這種表現叫做「孝順」。

有趣嗎？

我爲什麼要學外語？老實說，我主要不是爲了跟外國人溝通，我只是想跟自己好好溝通，知道自己知道什麼、不知道什麼，讓自己成爲一個**頭腦清楚**、**會思考**的人。

目次 contents

第1堂 一個人會多少種語言，就有多少種生活！

第2堂 超低科技的祕密武器——單字卡

第3堂 切記！一次只能學一種語言

第4堂 到底要學多少單字才夠用？

第5堂 任何語言兩個月就可以上手！

第6堂 說外語本來就是一件不自然的事！

第7堂 像聽音樂或料理一樣，培養一輩子的嗜好。

第 1 堂

一個人會多少種語言，
就有多少種生活！

我學印尼話

學習理由 為了與照顧父親的印尼看護溝通，不只是對方學會中文就罷休。

學習祕訣 每天學習的時間只要 30 分鐘。

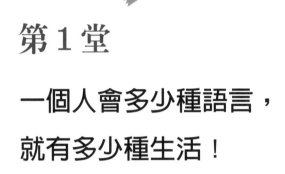

難道新移民都是語言天才嗎？

「我要開始學印尼語了。」有一天我突然跟身邊的朋友宣布。

自然，朋友們立刻就表現出兩種典型的反應：

其中一派是反對派：「拜託！學印尼語幹嘛？又沒有什麼用？」

另外一派則是羨慕派：「你好厲害噢！想學什麼語言就可以學會！像我只學一門英文，學了一輩子還學不好……」

但是卻沒有任何人對我說：「那太好了，我們可以一起學嗎？」

好像學習語言對大多數人來說，是件很麻煩、能免則免的事，要不然就是一種值得羨慕的超能力，是一般普通凡人做不到的事。

我相信事實不是這樣的。我只是恰好知道兩件其他許多想學習語言的人所不知道的事而已。

1．我不是語言天才，事實上我懷疑世界上並沒有真正的語言天才。

2．如果我想學一種語言，我當然可以學會。而且不只是我，每個人都可以。

我之所以想要學習印尼語，並不是有一天發夢，突發奇想，或是窮極無聊，沒事想找事做，把學語言當作打發時間的娛樂。而是因爲我的父親因爲健康因素，需要僱用一位外籍看護，這位年輕的印尼籍看護原本在沙烏地阿拉伯擔任過幾年的保母工作，從來沒有到過台灣，所以一句中文都不會說。我想如果我可以學習一些印尼語，至少在一開始的階段，幫助Susi小姐可以比較快速適應在台灣的生活，背後的原因其實也是很自私的：希望Susi小姐能夠幫助我們一家人，把對我們很重要的、需要長期照護的父親照顧好。

「可是讓印尼看護學中文，不是比較快嗎？」也有朋友覺得我很傻。「我知道好幾個人家裡的印尼傭人，中文都說得超好的。」

當然，我相信，這位素未謀面的Susi小姐，應該會在到我們家的短短幾天之內，就可以學會簡單的生活必備字彙，知道什麼是吃藥、打針、吃飯、喝水、眼藥水、電視、電話、睡覺，家裡誰是爸爸、媽媽、哥哥、姐姐，也一定會知道怎麼說幾點鐘，隔幾分鐘，你好、再見、謝謝，我也絲毫不會有任何懷疑，在不到一兩個月之內，她就能夠很順利的用簡單的句子表達她想要看的電視頻道，想要在商店購買的東西，甚至是向我父親描述她在印尼家鄉的家人、那位論及婚嫁的男友，還有她對未來的夢想。

奇妙的是，我的朋友們難道沒有發現，他們覺得學習外語是「不可能的任務」，但同時又覺得外籍傭人到台灣來，很快學習會說國台客語是「天經地義的事」，這不是很矛盾衝突嗎？難道我們在本地的每個人都是語言白癡？而無論從哪一個國家來**的外籍傭人或是新移民都是天賦異稟的語言天才**？

如果不是這樣的話，那麼問題究竟出在哪裡？

養成學習的習慣

我學過的語言，無論學得好不好，從泰語、維吾爾語、廣東話、馬來語、日語、韓語、緬甸語、擺夷語、阿拉伯語、英語（包括約克夏方言），還有一點義大利語跟巴西的葡萄牙語，有些學得好，有些半途而廢，而且顯然我還會繼續學習新的語言，但這過程當中，我發現**學語言最重要的，已經不是語言本身了，而是養成「學習的習慣」**。

第一個的理由，是因為需要。很多人可能聽過一個「鼠急生智」的笑話，是說有一隻老鼠被貓追趕，就在最危急的時刻，老鼠來個急煞車回頭大叫幾聲「汪，汪，汪」居然把貓嚇跑了。老鼠一抹滿頭大汗慶幸的說：「看來**掌握一門外語**有時還是很重要的。」

這雖然表面上是個笑話，但如果住在新疆邊境的維吾爾牧民，不會講點塔吉克語、烏孜別克語、吉爾吉斯語、漢語，可能根本生活不下去，危急時甚至可以藉著語言偽裝避免殺身之禍。

第二個理由，是因為好奇。想要透過語言**進入另一種文化**，是**開啟世界的另一把鑰匙**。

被尊稱為中國現代語言之父和現代音樂學先驅的趙元任（一八九二～一九八二）教授，據說因為他很會**模仿當地人的口音**，所以他無論到法國還是德國，都被認為是當地人，除了外國語外，他還能用三十三種中國各地的方言，介紹名勝古蹟和當地土產。從小就喜歡學別人說話的趙元任，小時候隨家人在北京、保定等地居住期間，從保母那裡學會了北京話和保定話。五歲時回到家鄉常州，家裡為他請了一位當地的家庭老師，他又學會了用常州方言背誦四書五經。後來，又從大姨媽那兒學會了常熟話，從伯母那兒

學習語言最重要的，已經不是語言本身，而是養成「學習的習慣」。

1. 因為需要
2. 因為好奇

學會了福州話。當他十五歲考入南京江南高等學堂時，他又向來自南京的同學學會了南京話。他說自己研究語言純粹是因爲「好玩」。

國際化並不等於英語化

記得前一陣在台灣的報紙上讀到一則花邊新聞，介紹一位從布里亞特共和國到台灣政治大學進修中文的二十二歲女孩 Ksenia Mardaeva，會說五種語言，除了從小就會說的布里亞特語和俄語，高中時到美國當一年的交換學生，讓她英文也很流利，在俄東烏蘭烏德的大學就讀東方語言學系時，主修中文，輔修韓文，到中國哈爾濱交換學生，她在當地除了說中文，也因爲東北有很多朝鮮族人，所以也「順便」有大量練習說韓文的機會，兩種語言都進步很快。

這樣的故事登上新聞版面，顯然是因爲我們覺得 Ksenia 是個難得的語言天才，比一般人要聰明，但是生長在中國東北的漢人，卻沒有幾個除了中文外「順便」學習韓文，實際上中國境內至少有八十種語言，但其實有將近一半的人不會說普通話，難道我們能說這一半的中國人沒有中文的環境嗎？這之間的區別，顯然**不是天分高低**，而是在於我們有沒有像 Ksenia 的**好奇心**，以台灣的生活環境來說，對於 Ksenia 恐怕還有印尼語、越南語、泰語、菲律賓語、緬甸語可以「順便」學，可是對於常年住在台灣的人來說，卻可能連想都不曾想過。

我相信語言學習不應該被當成「**學科**」來看待，更不應該光從該語言的「**出路**」來決定它的價值。作爲一個在世界各地工作、生活的人，我深刻體會**「國際化並不等於英文化」，多國語言、多元文化才是王道**。

而學習多種語言，瞭解多種文化，便能培養多元思考方式，擴展視野，也才有創造的可能，太偏重單一語言，就好像近親繁殖，會造成文化的萎縮。只是複製再複製，無法走出自己的方向。現在是強調原創力、創意的時代，或許阿拉伯文、拉丁文、波蘭文等在現今社會看來，屬於非主流語言，但說不定哪天，這些技能也會變得很有用。**為了學語言而學語言，把語言當成一門學科，是貧乏而缺乏說服力的。為了生活、為了好奇，那麼語言的世界就寬了。**

沒有上等人，也沒有次等人

我開始學印尼語，就是**因為需要**，因爲我的父母健康日漸衰退，到了需要有人全職照顧的地步，我們僱用了一個之前只在沙烏地阿拉伯工作過的印尼管家，爲了把父母照顧好，也爲了希望這位叫做 Susi 的年輕女孩能夠感受到我們的感謝與善意，我需要學習她的語言。

對居住在台灣的人來說，最熟悉的外來族群，無非是越南、印尼、菲律賓、泰國等，我們也都對於這些長期在台灣從事勞力的藍領工作、居住在台灣的外國人，自然而然的期待，認爲他們只要來了台灣一段時間，「自然」要會說國台客語，但是對於居住在台灣的白領階級，無論是來台灣發展演藝事業的日本、韓國藝人，從事模特兒或園區表演的俄羅斯人，還是教英文的美加、南非人，只要他們會說「你好嗎」，大家就驚爲天人，拚命鼓掌。難道東南亞的人每個都是語言天才，所以學會中文是理所當然，而東北亞跟西方人則是語言白癡，所以只要會說一兩個字，就是了不起的成就嗎？

如果答案是否定的，那眞正的區別在哪裡？**是否潛意識中，我們已經決定了不得不學外語的人，是所謂的「次等人」？而所謂的「上等人」就算有語言學習障礙，也是理所當然**？我們又把自己當成哪一種人？

我學習韓語的原因，是我十七歲時碰到首爾天橋上一個算命的老太太，信誓旦旦地說我未來會討一個韓國老婆，當時的我信以爲眞，覺得這麼重要的事情刻不容緩，一回到台灣立刻就開始與大學裡的韓國同學進行語言交換，還心術不正的接下接待首爾梨花女子大學舞蹈團的師生，覺得未來下半生的幸福就掌握在這一擊了，現在想起來，覺得幼稚而可笑，但是當時開啓對於韓國文化的窗口，卻從此沒有關上過。

一個人會多少種語言，就有多少種生活

首先我要聲明的是，**我並不是語言天才**。

實際上，我不知道什麼人是語言天才。很多人或許會以爲學習外語是一份額外的負

擔，但歌德有句名言：「Those who know nothing of foreign languages know nothing of their own.」（**那些不懂得外語的人，等於對自己一無所知**）也就是說，**一個人會多少種語言，就有多少種生活**。至於只能活在一種語言裡的人，生活就像明明有超高速的無線寬頻網路，可是只能用來上一個網站，任誰都會覺得很可惜吧？

我們都學過英語，或者正在學英語。我也是其中一個。因爲過去二十年來居住在美國東岸，英語可以說是我日常使用頻率最高的語言，但是英語也終究不是我的母語，我也經歷過辛苦的學習過程，也翻爛過幾本字典，也犯過各式各樣的錯誤，因爲口音鬧過各式各樣的笑話，所以就算現在我的英文出現一些拼字或語法上的錯誤，也沒什麼好大驚小怪的，但無論犯多少錯，都沒有人說我不會英語。

這樣的自信，或許立刻會讓正在讀這篇文章的人感到有距離感，若只因這世界上存在可以使用外語的人，就讓你覺得不舒服的話，你的問題應該不是語言學習，而是其他的心理障礙，因爲知道世界上確實存在著很有錢的人，過得很幸福的人，大概也都會讓你覺得不舒服。

倘若你可以克服這個心結，不會莫名其妙開始宣揚說中文多麼博大精深，中文學好比較重要，或是日本跟韓國的漢字都是從中文演變而來，何必去學昔日蠻夷戎狄的番邦

這是歌德說的，也就是說，一個人會多少種語言，就有多少種生活。

Those who know nothing of foreign languages know nothing of their own.

那些不懂外語的人，等於對自己一無所知。

語言，還說現在很多西方人都讓孩子學中文所以我們不應該去學外語的話，我們就有可以對話的空間。

語言就像樂器，當然有困難的，也有容易的，但是並不是學得會、學不會的區別，而是需要的時間，有的長一點，有的短一點罷了。我認爲我可以學會印尼語，並不是因爲印尼語是一種相對來說比較簡單的語言，而是因爲我相信就算不是語言天才，任何人也都可以學會十種語言，外傭如此，傳教士如此，旅行者也如此，**只要有需要、有好奇心，說實在的，學習一種或十種外語，真的是沒什麼大不了的**。

世界上真的有語言天才嗎？

不學習語言，是一種對人生極大的浪費。這就好像在海邊，明明眼前有著許多美味的海膽，卻不知道該如何吃。語言就是那把刀子跟知識的綜合體，知道該怎麼使用語言作爲工具，打破文化尖銳堅硬的殼，得到中間美好的精髓。

住在瑞士日內瓦湖畔有一個叫做 Francois Micheloud 的個人工作者，他跟我一樣，對於學習各種語言有著高度的熱忱，而且比我優秀得多，因爲瑞士本來就是一種有好幾個官方語言的多元社會，他甚至設了一個網站，**專門鼓吹任何人都可以學習任何語言**。他在網站上說，從十六歲開始，第一次隨身帶著語言工具書去印度旅行，從此就開始熱中於學習語言，後來他買了一本 Barry Farber 寫的教人如何自學語言的書，也受到 Malherbes 出版的語言百科全書啓迪，因此學了好幾種語言。

Michael Erard（麥克．埃拉爾）是一位出身於語言學和修辭學專業的自由記者，他一直爲《科學》、《連線》、《大西洋》月刊和《紐約時報》等報刊撰寫關於語言和語言學的文章，除了母語英語，他在高中和大學學習過西班牙語，之後在南美生活四年時派上用場，後來到台灣教英語時又學了中文。他一直很佩服那些稱自己會講很多種語言的人，因此在二〇〇八年獲得德州文學研究所（Texas Institute of Letters）的多比．佩薩諾研究獎金（Dobie Paisano Fellowship），從美國德州出發，開始去探索語言天才的故事。

體驗原汁原味的生活氣息

麥克發現很多人會說六種、七種、八種語言，但是在這之後，人數就急速下降，精通十一種語言以上的人數極少，於是他設定十一種語言作爲分水嶺，花了幾個月的時間，從墨西哥到南亞，再從加州到歐洲，採訪了二十四位語言天才，整理成一本叫做《告別通天塔：尋找世上最厲害的語言天才》（Babel No More：The Search for the World's Most Extraordinary Language Learners）的書，書中詳細記錄了其中的三個案例：爲了讀到更多民族的原著而學習語言，有著四分之一墨西哥血統的美國人亞歷山大（Alexander）；爲了世界銀行的工作需要而學習多種語言的希臘人海倫（Helen）；還有住在布魯塞爾的歐盟翻譯，日常會用到大約十三種語言的英國人葛蘭（Gram）。

曾在黎巴嫩擔任大學教授的亞歷山大，因爲戰亂和家人搬回美國，在加州柏克萊一所名不見經傳的大學裡任教，空閒時間很多，麥克進行採訪的時候，亞歷山大是新加坡一個語言訓練機構的訓練師，正在翻譯一些韓文讀物，在採訪過程的四百五十六天、一萬零九百四十四個小時中，亞歷山大用了百分之四十的時間，也就是四千四百五十四個小時在一百零五種語言的學習上，他學習語言的方法是先掌握語音語調再弄清詞義，邊走邊跟讀，之後再回過頭來查閱翻譯，每天早上起床後，亞歷山大用幾種語言輪流練習寫作，之後在社區公園一邊慢跑一邊聽有聲書，他之所以學這麼多語言的最終目的，是**為了讀懂世界各地的文學原著**，盡可能感受異域原汁原味的生活氣息和語言背後的文化內涵。

一夜之間可以學會一門新語言？

麥克先從歷史上找尋已經去世的語言天才，其中最著名的應該是十九世紀義大利的紅衣主教約瑟夫．卡斯帕．梅佐凡蒂（Joseph Caspar Mezzofanti，一七七四～一八四九），他出生於一個貧窮的木匠家庭，一生從未離開過義大利，卻能講**七十二種**語言，其中算得上精通的也有**三十種**。上小學的時候，他就已經從耶穌會傳教士身上，學習了拉丁語、古希臘語、西班牙語、德語以及中、南美洲的印地安方言。雖然提早完成了成爲神職人員所需的學業，但因年紀太小還無法就職神父，於是將二十三歲以前額外的時間，用於學習阿拉伯文和其他東方語言。梅佐凡蒂在任期間，先後拒絕了拿破崙和教皇皮爾斯七世的邀請，選擇待在故鄉，爲不懂義大利語的旅行者和移民服務。

據說他學習一門新語言的速度快，而且能在各種語言之間切換自如，傳說曾有兩名囚犯即將行刑，他們的語言極爲罕見，無人能聽懂，梅佐凡蒂在一夜之間便學會了這門語言，第二天一早在他們行刑前聆聽了他們的懺悔。當時人們從歐洲各地蜂擁而至，紛紛用自己的母語向他挑戰，結果無不懾服。

在梅佐凡蒂的時代，通曉語言通常是指閱讀或翻譯的能力，而不見得是口語交談，但是麥克認爲比起閱讀和寫作，現代人能夠使用語言會話交流的能力更加重要，他在書中記載了一九八七和一九九〇年在比利時舉行的兩場比賽，前者爲了找到會最多語言的比利時人，後者將範圍擴大到當時歐盟的十二個國家，規則更嚴格，由母語國家的人來評分，同時這些語言之間的差異性也作爲打分標準。

贏得第二場比賽的人叫德瑞克（Derek），是個教堂裡的風琴演奏家，住在一個偏遠小島上，他在一天之內使用二十二種語言講話，是個喜歡旅行的人，在家裡和他俄裔的妻子用俄語交談，在那場比賽以後，他又學習了幾種新的語言。對於麥克來說，德瑞克就是他想找的那種語言天才，證明人類可以靈活運用語言的極限。

但即使像德瑞克這樣的語言天才，也不是隨手拈來就能在如此多種語言之間瞬間轉換，而是**事先要做很多的準備**，所以就算天賦異稟的人，要在日常生活中在超過六七種語言之間迅速切換，也近乎是不可能的事。麥克的結論是：「對於不同的人，不同的語言，語言轉換的這個極限數字大概是五種到九種。」

從一張法語舊報紙開始，對語言熱情一發不可收拾……

眞相是，這個世界上有六千五百種語言，世界上百分之九十六的人口說著百分之四的語言，剩下百分之四說著其餘百分之九十六的語言。其中有大約兩千種語言，說的人不到一千個，甚至有五十一種語言全世界只有一個人會講。

全世界超過一億人說十三種主要的語言，這十三種最大的語言包括中文，英文，印度語，西班牙語，俄語，阿拉伯語，孟加拉語，葡萄牙語，馬來／印尼語，法語，日語，德語，以及南亞通用的 Urdu 語。以使用人數來說，前五名依次是中文，英文，西班牙語，阿拉伯語，和印度語，也就是說，我們熟悉的中文，其實本來就已經是全世界使用人口最多的語言了。

文獻上正式記載最有才能的語言天才，是德國外交家 Emil Krebs（埃米爾・克雷布斯一八六七～一九三〇），他的大腦切片如今還保留在德國杜塞爾多夫一個實驗室裡，他學習超過**一百二十種**語言，並且能夠精通其中的**六十八種**，是當時世界上能說最多種語言的人。比起他來說，我們無論學會使用多少種語言都是小巫見大巫，但這並不是重點，因為我們並不是為了想要締造世界紀錄而對這個主題感到興趣的。和梅佐凡蒂一樣，克雷布斯也是個木匠的兒子，從他發現了一張法語舊報紙開始，他對語言的熱情就一發不可收拾。據說有次在老師給他一本法語詞典的兩週後，他出現在老師的辦公桌邊開始說法語。高中畢業時，他已經會說十二種語言，法學院畢業後，他又到柏林外交學校學翻譯，當時他自學過的語言包括拉丁語、希臘語、法語、希伯來語、英語、義大利語、西班牙語、俄語、波蘭語、阿拉伯語和土耳其語。老師告訴他不可能教他所有的語言，他說「好吧，那我要學最難的。」於是一八八七年，他開始學習中文。一八九三年，他已經成爲德國在青島和北京代表處的外交翻譯。一九〇一年，他成爲首席翻譯。有一天，一個中國官員詢問德國使館是什麼人能寫出這麼優美的中文文件，據說從那之後，慈禧經常邀請他進宮喝茶，因爲他是「中國話說得最好的外國人」。

學習的動力在哪裡？

高中的時候，我到新加坡當交換學生，同學當中，除了華人跟原住民娘惹之外，當然還有印度人和馬來人。當時，我因爲不怎麼愛讀書，所以總是坐在教室的最後面，有趣的是，跟我一樣有志一同躲在教室後排的，多半都是馬來人的同學，成績普遍來說比較差，至於學業成績優秀的華人，則都坐在前排。

因爲如此，當時我的好朋友，很多是被學校當作「次等人」的馬來人，也因此發現這些馬來同學，除了能說自己的母語，因爲是英校，所以當然也都會英文，除此之外，大部分也都會說中文。但是反過來，生長在同樣環境下的華人卻都理所當然不會說馬來語，也沒有任何學習的興趣。

同樣的情形，在中國境內的西藏、新疆也是一樣的，住在藏區的藏人通常會說漢語，但是漢人卻不會說藏語，在新疆無論是維吾爾族、塔吉克還是吉爾吉斯人，除了彼此的四、五種方言外也都會說些漢語，但是在新疆土生土長的漢人，能夠說維吾爾語或是塔吉克語的，卻有如鳳毛麟角。專門收集語言天才的美國記者麥克曾經說：「我並沒有給精通多語的人（Hyperpolyglots）定義或設限，認定什麼人是或不是，我挑選的對象是那些在語言方面與眾不同的人……比如有的社區，不論教育程度和出身背景，所有人都會五種語言，顯然這並不是理想的調查對象。」

也就是說，精通十一種語言以上的人，確實可以算是語言天才，但會說個五種語言，出乎意料的並不能算什麼特別的才能。

從那時候，我開始注意到**主動學習多種語言的人，往往是在社會上比較弱勢的族群，基於需要而學習，並不見得是天生特別聰明**，至於那些本來就佔優勢的，對於學習外語反而沒有那麼大的動力，這或許解釋了爲什麼許多母語是英語的美國人，大都不會說第二種語言。

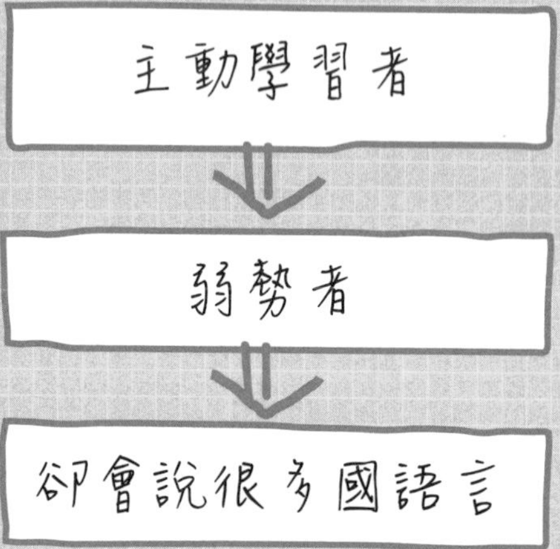
主動學習者
弱勢者
卻會說很多國語言

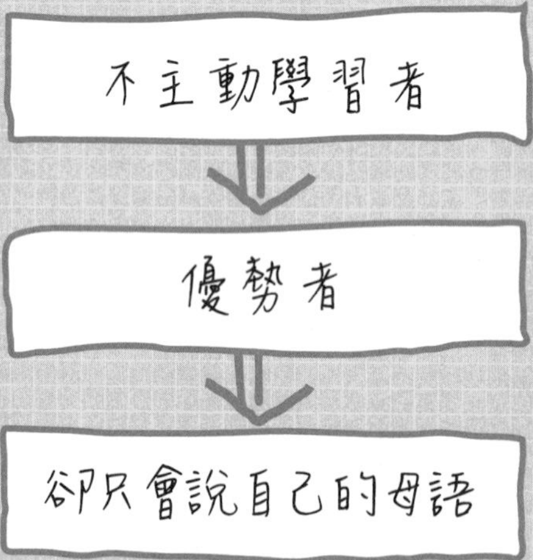
不主動學習者
優勢者
卻只會說自己的母語

誰說聰明的人才能把語言學好？

一九八〇年代晚期，紐約城市大學有一位叫羅倫・奧布勒（Loraine Obler）的神經語言學家發現了一名代號稱爲「CJ」的語言天才。

這個當時二十九歲，正在哈佛大學攻讀碩士學位的年輕人，在單一語言（英語）的環境中長大。高中時，他學了法語、德語、西班牙語和拉丁語。大學畢業後，到摩洛哥工作，學會了阿拉伯語。

很多人立刻會下這樣的結論，認爲CJ聰明過人，但是智力測驗顯示CJ的智商只有一〇五，頂多只能算中等智力。他在孩提時代，甚至有閱讀遲緩的問題，一路上的也只是普通學校。CJ在其他方面並不出色，平常看地圖和認路都有困難。在智力測驗中，他對數字和圖片的遺忘速度和其他人一樣，但是語言項目的得分特別高，對文詞的記憶力特別好，甚至可以記住一些句子和詞組長達一週。

一九八〇年加拿大渥太華大學的語言學家伊塔・舒奈德曼（Eta Schneiderman）也

提出一個理論，認爲**成年以後可以像母語般自如使用好幾種外語的人**，通常在視覺空間**技巧上，甚至比一般人來得薄弱**。

所以語言學家都公認，**只要有合理的方法，足夠的時間，基本上任何人都可以學會任何語言**，雖然的確有人語言學習能力特別弱，但是跟極優秀的語言天才一樣，屬於極少數的特例，不大可能是你我。

和天賦無關？和有沒有上課也無關？

大部分的人覺得學習語言困難，是受到在學校的不愉快經驗影響，所以自我暗示，相信自己之所以在學校學了十年英語、法語、德語還說不好，是因爲沒有語言天賦的關係。實際上，科學證明**學習任何一門外語，基本上是跟天賦無關的**，否則，爲什麼幾乎世界上每個人，無論資質好壞，記憶力多差，都幾乎毫無困難的就能學會自己的母語呢？或許也有人會說，學語言從小學習比較快，但是科學上也證明，成人因爲懂得運用方法，所以學習語言其實比還沒成年的孩子要快得多。

無論如何，**學習外語都不是一件需要天賦或是特別技巧的事**。跟我們的母語，或是本來就已經會說的外語較爲接近的語言，學起來就比較快，比如原本就會說客家話的人學習廣東話，日本人學習韓文，或是英語爲母語的人學習西班牙文，因爲屬於同一個語系，文法、發音或是字彙有很多相通的地方。根據語言學家統計，如果有**百分之八十相似度的語言，用有效率的方法學習的話通常只需要三個月就可以上手，就算用很爛的方法學習，最多也只要花六個月**。

如果要學的新語言本身複雜性很高，或是跟自己原本就會說的語言差距很大，像是說中文的人要學阿拉伯文，或是德國人要學日文，那麼就需要兩到三年，但是世界上絕對不可能有任何一種語言，困難到讓一個資質正常的人，學了十年還沒什麼成績。

語言學家還有一個可能會讓許多人跌破眼鏡的結論：學習語言，自學肯定比去上課（無論是學校的正式課程還是補習、家教）學得更快。所以**如果發現自己學了十幾年的英文還沒學好，可能不是上的課不夠多，而是上得太多的緣故**。

不是再花時間，而是決定何時適可而止

至於許多人非常在意的口音問題，語言學家其實也有很簡單的答案：如果年輕時到一個隨時使用該語言的國家生活，大部分的人就會有如當地人的口音。但是成年以後才遷徙的話，無論如何學習，無論多久，幾乎都不可能完全沒有口音，只有極少數人能夠做到。但是如果不去特別在意口音的話，不需要花大半輩子住在當地，**基本上任何人都可以達到流利、清楚表達、完全理解當地人所說的內容**。

所以學習語言的重點是，**訂定合理的目標**。學得「不錯」跟「精通」的區別，**不在於決定要花多少時間去學，而是決定什麼時候適可而止**，因爲任何一個語言都可以無止境地鑽研下去，也永遠有進步的空間，除非我們的目標是把學習這個語言當作是人生唯一重要的事情，除了吃喝睡之外的時間，都要用來精進語言能力，直到能夠變成另一個母語爲止，否則只要能夠抱持著開放的態度學習，密集學習到一個程度後，就能夠放緩腳步，知道往後還會把握任何機會增加自己在這項語言上的能力。比如說遇到可以練習

口語會話的機會就不放過，或是閱讀衣服上的標籤，讓自己隨時還可以學習新的字彙，新的表達，或是更好的發音，而不是完全拋在一旁就可以了。

只要有了明確的目標，知道學習一個語言到什麼程度算是「夠了」，是希望別人能聽懂我們說什麼就好，就算聽起來像小嬰兒牙牙學語也沒關係？還是希望能夠符合自己專業上需要有的形象？無論目標是什麼，別忘了就算比一般的資質再笨一點的人，也都可以把十種以內的語言學得不錯，因爲這本來就只是所需時間長短的問題而已，**任何有行動力的人，都可以做得到的事**——在學校時候外語學得好或不好，其實一點關係都沒有。

至於自學一個語言，如果聽讀說寫都要有「不錯」的基本程度，需要多少時間？專家的統計，**無論什麼語言，如果有需要、夠好奇，平均都是一年**。如果學習同一個語系的語言，比如說有英語能力的人學習另一個羅馬語系的語言，像是法文、義大利文、西班牙文、葡萄牙語、羅馬尼亞語等，或是有中文能力的人學習另一個使用漢字的語言，像是日文、韓文、廣東話或其他五十六個民族方言中的任何一個，平均需要兩百個小時。就算**每天只學習半個小時到一個小時，只要持續不間斷，一年之內將一個新語言聽讀說寫都上手，是相當實際的目標**。

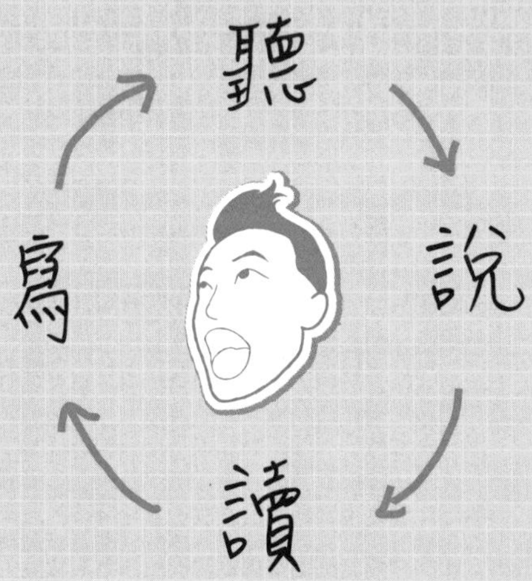

每天 30 分鐘~1 個小時

||

一年之內就可以將新語言上手

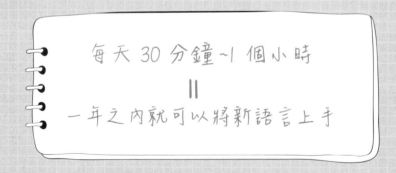

提醒自己三件事

大部分的人在學習語言的時候會犯三個錯誤，那就是：**學得太辛苦、背誦太多沒有用的字彙、跟背誦複雜的文法**。以至於把學習外語變成一件很困難，又很無趣的事。如果我要立刻開始學習印尼語（或任何語言），我只要提醒自己這三件事。

第一件事，學語言不需要懸梁刺股，**開開心心交一個當地朋友所學到的語言**，可能遠勝於戰戰兢兢上語言學校好幾年的效果。

第二件事，除了初期的一百個單字以外，接下來最好所有的字彙，都是在**日常實用的句子裡學會的**。遇到不知道的字就去琢磨猜測、去問人、去查字典，如果你背下大量字彙，那你只能考好試，不能眞的學好語言，因爲如果不是在眞實情況裡學的字彙，眞的需要用到的時候，你不大可能能快速的從記憶中把這些隨機的字彙翻出來。

第三件事，文法是用出來的，而不是背出來的。如果今天有一個正在學中文的外國人，突然問你中文的文法規則，我們大部分的人都無法解釋，但我們卻都可以不假思索地正確使用——而且可能從六歲就已經會用了。所以學習一種外國語言的時候，別忘了也是同樣的情形，最好的學習方法不是背誦規則，而是模仿、使用，直到你自己的耳朵聽起來順了，通常就是對了。文法跟字彙一樣，不是那種可以預先學起來放的東西。

所以我第一步就是要**挑一本簡單的教材，最好是有附語音檔的**，所謂工欲善其事，必先利其器，如果這是一本好的教材，運用好的教學方法，那麼可以節省好幾個禮拜的學習時間。**所謂好的教學方法，就是十二個小時分量的教材中，能夠幾乎涵蓋你會用得到的所有內容，所以只要一本就夠了**。如果英語不錯的人，不妨考慮美國的外事服務局（FSI，全稱是Foreign Service Institute）所出版給美國外交人員學習各種外語的教材，就是屬於這種一本就夠的好教材，雖然比較貴，但是值回票價，就算不是外交官一般人也能購買。

可惜我們很多人學到教材的一半，就因爲種種原因中斷，等到再想起來或是再次下定決心，中間已經隔了好幾個月，這時候該怎麼辦？最好的方法是，**從上次中斷前的最後一課開始，然後往前複習，而不是從第一課**。

反過來複習的時候，除了正文外，練習也不能偷懶省略，**如果發現自己不能回答習作的所有問題，就再往前一課**，直到你能夠完全掌握那一課爲止。

當掌握一個語言的基本結構，同時累積到一千個字彙以後，就是可以**從初級進入中級，開始閱讀了**。閱讀報紙、雜誌，看電視、電影，聽網路收音機，甚至廣告，而不是課文，因爲眞實世界的用法，會快速增強對這個語言的掌握能力，還有**眞正有用的字彙，從自己有興趣的版面或節目開始**，就算是演藝圈的八卦新聞也無妨，如果能夠去旅行，跟當地人直接交流，細心聽他們怎麼說話，通常會有突飛猛進的效果。

一旦有中級程度以後，持續讓生活裡面出現這個外語的元素，繼續閱讀報紙、雜誌，看電視、電影，看廣告，平常在網上連線的時候固定打開網路收音機，就可以在不需要額外花時間跟金錢特地學習的情況下，保持已經有的程度。

一旦開始學習之後，**每天的學習時間不用太長**，就算**半小時**也可以，畢竟我們還有很多別的事情想做、要做，但是最大的忌諱是三天捕魚、兩天曬網，一旦開始就要每天學習持續一段時間，直到有基本的基礎爲止，否則就像停停蓋蓋的地基，脆弱的地基是沒有辦法往上蓋房子的，最好的長度是每天一個小時到一個半小時，中間可以短暫休息一次，或是分成上下午一天兩次。

有了學習過好幾門外國語言的經驗以後，我一點都不需要問自己：

「我學得會印尼語嗎？」

我眞正最需要問自己的問題其實是：

「你這個懶惰的傢伙，該不會在三個月之內半途而廢吧？」

學語言的眞實狀況，就是這個樣子。

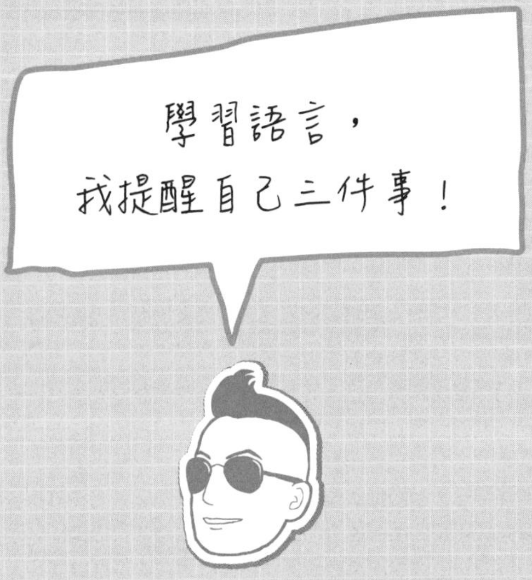

1. 開開心心交一個當地朋友。
2. 只要學日常生活用到的就好。
3. 最好的方法是「使用」，而不是「背誦」。

第 2 堂

超低科技的祕密武器
——單字卡

我學緬甸語

學習理由　NGO工作需要。

學習祕訣　連續十年往返滇緬公路，
手上不離單字卡。

最笨最好的方法：單字卡

我坐在車齡將近四十年的二手豐田汽車裡，車子內外所有零件能換的都換了，不能換的裸露出的電路板跟汽車鈑金上的大洞，往下看，竟然可以透過車子底盤看到腳底下的公路。

即使如此，車子仍然固執地在蜿蜒的山路上行進著，只是每隔一兩個小時，就需要在路邊停下來，從井裡或是田邊的灌溉溝渠裡，用水管引水冷卻引擎半個小時後，再繼續上路，如果不幸爆胎，那就只好拿石頭擋住輪胎，避免原本就已經磨光的輪胎皮將整台車滑入幾百尺深的山谷。

我在緬甸。

緬甸的加油站，在二〇一一年改制民營化之前，有分成政府經營的，還有私人經營的。緬甸鄉間的私人加油站，跟我們印象中的加油站完全不同。所謂的私人加油站，其實只是一個人坐在坑坑洞洞的山路邊，身邊擺著幾個寶特瓶接著一截舊水管的漏斗，這此汽油來路不明，有些是從中國或泰國邊境走私進來的，也有些是當地人用每個月初的政府配額，買了廉價的政府汽油後再從車裡抽出來轉賣的，這些黑市的油，基本上維繫了整個滇緬公路的生命線。

因爲每次都只加一桶寶特瓶的汽油，所以支撐不了太久，就又要停在路邊，跟下一個油販子買另一桶油，用裡面襯著棉布的漏斗，小心翼翼灌進油箱中，許多烏漆抹黑的雜質，就附著在棉布上。

所以我學會的頭十個緬甸語單字，其中有一個字就是「汽油」。

通常司機不會特別強調「汽油」，只會說「Si」，也就是「油」的泛稱。不管什麼油，都是用「Si」這個字，後面再加上「花生」就變成了花生油，前面加上「牛奶」就變成了甜蜜蜜的煉乳。

於是我在單字卡上面寫上「Si」，背面陸續加上我陸續學到所有跟「油」有關係的單字。像芝麻油，還有泡在厚厚一層油裡的緬甸咖哩等。

「加油？」

「油，滿，將。」這三個字依序組合出「把油加滿吧！」也構成了我對於緬甸基本祈使句型的瞭解。「走吧！」是「走」加「將」，「吃吧！」則是「吃」加「將」。

因此，我做了另外一張單字卡，上面寫著「Me」，也就是「將」的意思，背面也陸陸續續記載了我平常遇到、聽到的各種祈使句。

當然，對應緬甸地下經濟遠遠超過正式經濟，多年以來，外國人都有一個共識，那就是盡量不在軍政府經營的地方消費，所以我另外需要兩張單字卡，把剛剛跟司機學來的字記下來，一張寫著「政府」，一張寫著「黑市」，所以每次我只要到一個地方，無論是飯店也好，還是決定要買國內線機票或是長途巴士車票錢，總要問一下，這家公司是政府的，還是黑市（私人）的？

還有一張，則是在加油的過程中，我向司機學到的幾個句子，正面寫著「把油加滿吧！」的短句，背後則是「現在油一加侖多少錢？」（幸運的是，緬文的文法，也是這樣的順序——現在、油、一、加侖、多少），還有司機接下來聊天時提到的字，像是「生活」、「好」、「不好」、「很苦」（基本上把「不好」加上「非常」就可以了）。因爲這是加油時遇到的實境對話，所以每次我只要看到加油站，就會記得跟司機聊天談話的內容，以及當時我們所處的環境。

最後一張單字卡，則是寫著「貴」（價格、大）、「不貴」（價格、不、大）、跟「便宜」三個詞。因爲我已經知道怎麼問「多少錢？」以後無論遇到什麼情形，我都可以在聽到對方回答價格之後，找到相應的回答，當然，最好還要加上一句「算便宜一點吧？」如果有空間多寫一句，那就是「不能再便宜了」，因爲很多時候，這就是小販對我的要求時的回答，總不能只會說，卻不知道對方回覆的內容吧？

就這樣，從路邊加油這一件事，我學會了至少二十個相關的單字，還有十個或長或短的句子，以及三個祈使句、疑問句、否定句的句型。回想起來，我大部分的緬文，都是在滇緬公路上學到的。

漫漫旅途有單字卡作伴

曾經連續十年的時間，幾乎每個月我都有一段時間要沿著無止無盡的滇緬公路上上下下，在我所工作的有機農場和仰光、瓦城之間來回，在這段之字形開鑿的山路，坐在車齡三、四十年的老豐田汽車裡，搖晃而顛簸，對於大部分的人，肯定都是坐立難安，七、八個小時下來，都覺得一下車就必須要直奔整脊師的地步。在這段路上，吃東西會暈車，睡也睡不著，還常常會一個大震動前額撞到前面的玻璃或是後腦勺撞到車門的金屬，能做的事情實在不多，如果國內班機接不上必須直接從仰光搭巴士前往的話，光一趟單程就幾乎整整二十多個小時，這還是路況好的時候，如果遇到橋樑中斷，或是經過的時候游擊隊跟政府軍隊起衝突，就可能無上限的延遲。

在漫長、無法預測眼前的旅途，究竟是八個小時或是三天的路上，**我唯一能夠做的事情，就是握著手中的緬語單字卡，反反覆覆的背誦、練習**。我的單字卡其實只是空白的名片，在師大路夜市裡面的文具店買的便宜貨，每一百張單字卡，裝在一個名片盒中，我按照難易程度，隨身總是

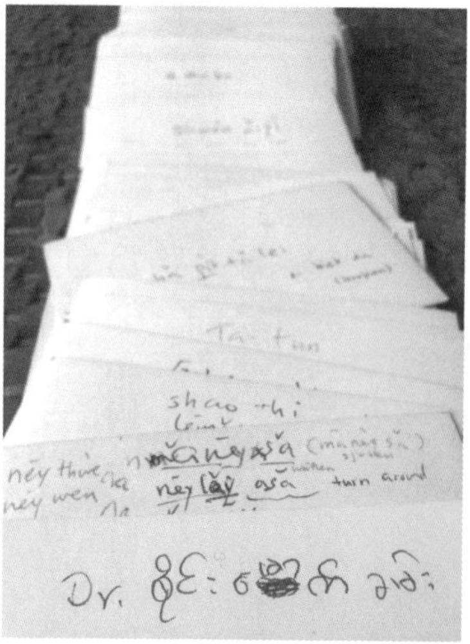

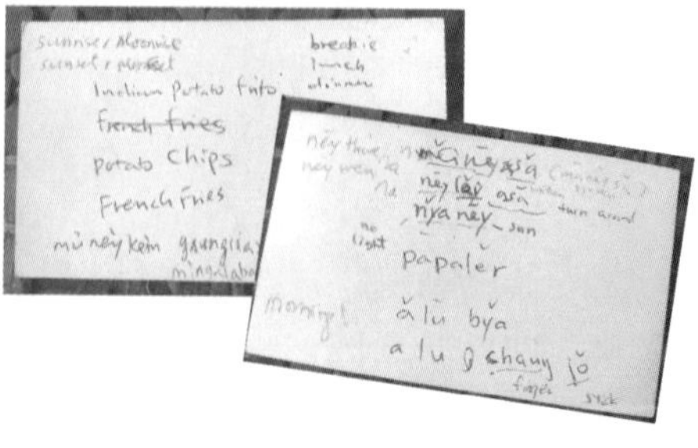

帶著好幾盒，每一張空白名片上，正面都寫著一個單字、詞，背面則寫著這個字、詞的意思，空白的部分，則記載著我陸續遇到發音類似容易混淆的字，相關字，反義詞，或是覺得很有用的造句，這都是十年來，每次實際遇到問題的時候所做的筆記，如果已經密密麻麻難以辨識，或是比較複雜剩下的空白處寫不下了，我另外還隨身有一盒新的空白卡片，可以把這些後來新學的知識，謄寫到另外一張上面。

沒有教材，沒有老師教，怎麼辦？

如果可以的話，我當然希望能夠坐在舒適的冷氣教室裡，按照著整套精美的教材，跟隨著有經驗又很風趣的老師有系統的學習緬語，但是我發現不管是在哪個國家，無論是美國還是日本，台灣還是泰國，都沒有專門教學緬語的場所。

我本來想，「那就等到了緬甸以後再找老師學吧！」結果更不可思議的是，緬甸全國竟然也沒有任何專門教外國人學緬語的機構，無論是正式的大學或是私人語言中心，都完全不存在，如果連語言學校都沒有，當然也不可能在書店買到完整的教材，找會說中文或英文的老師當家教，不知道多少次，我都央求緬甸朋友幫助我，「如果我找到教材，可不可以照著教我？」

但無論對方的年紀大小、教育程度高低，一律都露出非常驚恐的表情：

「我不是專業的語言教師，我怎麼可能教緬文？」

我還是不死心，「緬甸到處都有英語補習班，我們只要找一本交緬甸小朋友學英文的課本，只要反過來，我不就可以學緬文了嗎？」

可惜緬甸朋友跟同事們，還是覺得我完全在癡人說夢。最後，他們總是有一個共同的答案：「我在電視上看過，仰光大學聽說有一個教授，專門教外國人緬語的，你去找那位教授試試看吧！」

說來不可思議，這位全緬甸唯一「合格」可以教外國人緬語的老師，是一位已經年事已高的仰光大學老教授，但全國只有他正式開課教外國人緬語，卻是千眞萬確的實情。我有一個常年在緬甸的NGO工作的好朋友，就有幸成爲這位老教授的關門弟子，雖然很羨慕，可是這意味著每個星期五天，週一到週五，每天五個小時，都要風雨無阻、毫不間斷的到老師家裡去上課，問題是我工作的地方在緬甸北方很偏遠的鄉下，不可能常年留在仰光上課。

也許有人會說，「那麼買附CD的語言書自己來學，不就好了？」實際上，全世界幾乎找不到任何有系統的緬語教材，我唯一能夠找到的新教材，還是一個喜歡學習各種外國語的西方人編寫的，他同時還出了好幾種其他東南亞語言的教本，介紹他自己土法煉鋼的心得，無論如何都不能算是專業的教材。

我實在無法相信好幾千萬人每天都在使用的緬語，竟然會比學習已經停止被使用的梵文或拉丁文還困難，應該有更簡單的方法可以自學才是。

緬甸當地人，之所以覺得緬語應該不是一般緬甸人可以教，也不是一般外國人可以學習的語言，跟在幾十年對外封閉的環境中，鮮少有外國人學習緬語的需求，自然而然爲外國人設計的緬語教學，因爲沒有市場性而消失很有關係。

如果緬甸人有機會，一定會想辦法學各式各樣的外國語言，希望因此能找到更好的工作，過更好的生活，甚至有機會離開緬甸有朝一日可以到外國去求學或工作，他們很難想像，爲什麼會有人想要到他們的國家來，學習這個他們急於想要離開的國家的語言。

就這樣，緬語成爲一種外國人幾乎不可能學到的語言。

值大夜班的守衛是我的老師

學習緬語不像學習英語或日語，可以很容易就找到語言補習班或是家教，這樣的情形雖然非常少見，但並非前所未見，我知道全世界很多部落或原住民的語言，也都是這樣的，當初我想要在新疆學習維吾爾族人的維吾爾語時，也是費盡千辛萬苦。雖然當時我已經會了一些阿拉伯語，維吾爾語的拼寫就是用阿拉伯文字母寫成的，意思就是說我雖然看了就可以讀出來，卻不知道意思，因爲維吾爾語並不是阿拉伯語的方言，而是更接近土耳其語的一支方言，但是土耳其早就已經廢棄阿拉伯文字母，改用羅馬字拼音來書寫土耳其語，我找遍了好多南北疆的大小城市，就是沒有教非維族人維吾爾語的地方。

「可是新疆不會說維吾爾語的漢人這麼多，難道沒有人學維吾爾語嗎？」我天眞地問。

聽到我的問題，無論是漢人還是維吾爾族人，都覺得我很滑稽，好像我腦殘才會說出這麼莫名其妙的話來，漢人住在維吾爾人的地方，卻一點都不覺得應該要學當地的語言，反而時常帶著嘲笑的意味模仿維吾爾人說中文時的腔調，就好像許多人到日本跟法國觀光旅行，卻理所當然抱怨當地人英文說得不好一樣，完全沒有意識到問題出在自己，是**作為外來者的我們，既不會說對方的語言又不願意學習，理直氣壯認為問題全出在別人身上**。

爲了想要學習維吾爾語，後來終於找到在住的地方值大夜班的守衛先生，因爲他反正很無聊，而且沒有念過多少書，沒有機會去想過外國人想學維吾爾語的事情，只覺得我這年輕人很有趣，所以我每天早早上床睡覺，半夜一兩點爬起來，拿著課本跟錄音機去請教，把學到的新字詞都一一抄寫在單字卡上，四點再回床上睡回籠覺到天亮，白天的時候利用零碎的時間複習跟預習，才終於學到了一些道地的維吾爾語。

所以當我發現想要學習緬語，就要像當年想要學習維吾爾語那樣，**既然沒有正式管道，就得發揮創意，自己想辦法自力救濟**。

就這樣，**顛簸的滇緬公路上我所遇到的人，駕車的司機，休息站的小販，同行的陌生人，和我一起工作的農夫，就一一變成我最尊敬的緬語教師**。

愛上單字卡，永遠樂在其中

除了這些路上不知不覺被我當成緬語老師的路人甲乙丙丁，另外幫助我**學習緬文最大的功臣，就是空白名片做成的單字卡**。

《告別通天塔》作者麥克．埃拉爾為了尋找資料在義大利博洛尼亞查閱傳說中會說數十種語言的紅衣主教梅佐凡蒂資料的最後一天，麥克在檔案室中發現了一個盒子，打開後他驚訝的發現裡面是整落的小卡片，大小跟我們現在常用的post-it便條紙相當，這些小卡片一面寫著一些詞，另一面寫著另外一些詞，包括格魯吉亞語、匈牙利語、阿拉伯語、阿爾岡琴語和其他九種語言。

「顯然，這是這位舉世聞名的語言天才的單字卡。」麥克在書中寫道。

很多人大概很難想像，在語言天才的盛名和光環之下的紅衣主教，**學習語言的方法並沒有什麼特別天才之處，而是使用每一個語言學習者都用過的枯燥學習手段——單字卡**，這個發現可能會讓很多人對梅佐凡蒂的神話因此破滅吧！

「祕密和神話並不存在，梅佐凡蒂超常的地方可能是，對他的大腦來說，**單字卡並不枯燥，甚至讓他樂在其中**，是天賦和學習的樂趣打通了一種良性循環，我們在羨慕之餘甚至會覺得神奇，但其實也許他們只是將我們認爲枯燥的語言學習當作是極大的樂趣。」

這個故事給我最大的啓示是，所謂**精通多種語言的人並非天才，只不過是對於一般人認為是苦差事的語言學習樂在其中罷了**。

另外中國大陸曾經出版過一本叫做「語言天才的腦內革命」這本書，與其說這是一本書，還不如說這是由五百張單字卡組成的書，書的最前面幾頁，說明學習語言的六個步驟，所佔篇幅不大，照著這六個步驟，來學習後面這五百張單字卡，算是相當有創意的語言學習書。

這本書介紹的六個步驟，分別是這樣的：

步驟①↓反覆大聲唸十六次

一定要反覆聽、大聲朗誦十六次，因爲「聽」是常被忽略的動作。**與其用「看」的讀一百分鐘，還不如用十分鐘「聽」和「唸」，幫助大腦寫入長期記憶**，聽到聲音，然後開始學別人如何講，聽別人說一次，我們開始反覆的唸，一直唸到琅琅上口爲止。至於這十六次的數字哪來的，據說是根據美國ＦＢＩ和摩門教的訓練中心的研究，可以有效幫助記憶的最低限。

步驟②→想像使用場合

在大聲朗誦十六次前，每一次都要先**預想這個詞或是句子會在什麼時候講**。如果只是機械性的重複朗誦，像很多人剛開始學習英語，念念有詞背單字的時候那樣，只是一味地複誦，卻不去想什麼時候用得上，效果一定不會好。就好像我每次背誦「最近汽油一加侖多少錢？」時，心中就要預想，什麼時候我會問誰這個問題？應該是司機吧？我這麼問，是爲了表示我理解也關心緬甸平民百姓生活的艱辛，並不只是一個付錢的外國顧客。

步驟③→把握零碎時間

學習者一定要**利用零碎時間學習並啓動語言學習的機制**，隨時可以學語言，這點我也很同意，就像在滇緬公路的途中，趁機向當地人學習新的字彙跟句型，既然睡不著，路況太曲折又不能看書，手上不如隨時拿著一疊單字卡，不說話的時候，就可以隨時瞄一眼，一面看著窗外的景色，一面複習一個舊單字，或努力記憶一個新句子。這不只適用於學習新語言，如果一段時間沒有說這個語言的時候，在需要使用前的幾天，或出國前一兩個星期開始，利用平常排隊上廁所、等捷運、等電梯、在超市排隊結帳、等待轉接客服人員電話、搭公車、等待送餐的零碎時間，開始讓自己喚回記憶，再度熟悉需要使用的語言，會有很大的幫助。

步驟④→找關係

學習者一定要隨時尋找**個人化的例句並有系統地記錄**，而不是課本上一成不變的例句，比如說平常喜歡討價還價的人，無論賣方說的價格是多少，都會嫌貴，希望對方能夠算便宜一點，所以這樣的人在學習一個新的語言時，就應該多學一些如何講價時用得上的句子，像是用俏皮的方式說「如果不能算我便宜一點，那我只好以身相許，跟你結婚了。」在沒想到你會說出這樣無厘頭的話時，賣方肯定也會哈哈大笑，立刻打破僵局。也就是說，**當我們學習的是和自己有關的語句，當然比較容易記憶**。

步驟⑤↓光說是不夠的

很多人覺得學外語的時候，能夠講一點會話就行了，問題是如果聽力不佳，你講的別人雖然聽得懂，別人回答或提問的時候你卻聽不懂，那不是白搭嗎？最好別人說的時候，還能夠寫下來，比如對方的手機號碼，或是你問路的地址，有時候，我**發現發音不好，常常是因為不會讀、寫**，因爲如果有閱讀能力的話，世界上有很多文字都是看了就知道如何正確發音的，像是韓語、阿拉伯語、東南亞、南亞、中南半島的大多數語言，加上大部分使用羅馬字母的西方語言，能看懂外國語，不只可以找路、閱讀書報，發音也會更正確。聽說讀寫如果能面面俱到，那就太讚了！

步驟⑥↓五感一起投入學習

學習語言的時候，其實也是需要聯想能力的，比如學習「笑」這個字詞的時候，每次念的時候，就要同時咧嘴一笑，學說「傷心」這個字的時候，就搥搥心臟，露出很痛苦的樣子，這樣就可以讓肢體語言幫助記憶，當學習「你眞是太可惡了！」這句話時，可以很自然地伸出食指，罵著假想的對象，這種有圖像式、同時投入五感的學習，不但可以幫助記憶，在說「笑」的時候就有笑的表情，說「傷心」的時候就有難過的動作，在指責的時候，就有伸手扠腰、吹鬍子瞪眼睛的肢體語言，就算發音、文法不是很正確，也可以借助手勢跟肢體，幫助對方更容易理解我們不夠字正腔圓的表達方式。

如果學習的目標語言，是相當普遍的外語，可能可以買到現成的單字卡，我知道美國有一套叫做 Visual Education 的單字卡教材，適合英語程度已經不錯，想用英語來學習義大利語或俄語，讓自己在學習另一個外語的同時，不至於因此讓英語變得生疏的人，價格也不貴，每盒一百張的單字卡，差不多有三千個字，售價差不多是十元美金，雖然現成的單字卡省事、美觀，不過，我覺得還是比不上自己親手抄寫過來得印象深刻，或許這就是步驟⑥裡面說的「五感學習」吧！

無論是自製的還是現成的單字卡，甚至是兩種混合的，我覺得至少要分成三疊，**第一疊是最基本、最簡單的**，像是數字，打招呼的問候語，或是一開始學習的基本字彙，都是已經很熟悉的。**第二疊**是雖然記誦很多次，要用的時候卻還**常常會忘記的那些可惡的單字或是句子**，只要一點點提醒就可以的。**第三疊則是新的字彙**，比較困難、不大常用但是很重要的詞句，或是還沒有進入腦子裡的文法規則。每次出門的時候，三疊都帶著，看當時的心情跟是否能夠專心的狀況，選擇抽出哪一疊來讀。

跟隨著自己程度的進步，從第二疊進入第一疊的單字卡就會變得越來越多，複習第一疊單字卡時花在每一張上面的時間也就越來越短，等到有一天，就會發現第一疊當中，已經有很多就算再也不複習，也已經不可能忘記的單字卡，就可以從隨身的書包裡「退休」到抽屜裡，變成第○疊，但是千萬不要扔掉，因爲說不定未來多年沒有使用這個語言之後，突然又需要使用時，就可以從抽屜裡最簡單的第○疊開始複習。

基本上這就是我每天都會使用到的單字卡學習法，同時也是歷史上舉世公認的語言天才，義大利紅衣主教梅佐凡蒂學會幾十種語言的唯一撇步。

第3堂

切記！
一次只能學一種語言

我學廣東話

學習理由 多國語言才是王道。

學習祕訣 想學「姐妹語言」（例如日韓 & 西葡 & 法義）請先打好其中一項語言基礎。

就像旅行會讓人上癮，不同語言之間也有強烈的共通性，當我們學過一種語言以後，很正常的會忍不住想要學另一種語言，但是語言可不可以每種都學一點就好？還是要把一種語言學到專精才可以學下一種語言？

多學一種，就挫折一次？

我小時候曾經聽過一個關於「貪心的獅子」的故事，故事很簡單，獅子在樹下抓到一隻正在睡覺的兔子，正想飽餐一頓，卻又看到一隻鹿從旁邊經過，於是貪心的丟下兔子去追鹿。

獅子追了很遠，可是還是讓鹿逃跑了，於是又趕回樹下，但野兔早已不見蹤影了。

獅子很懊惱地說：「**我真是活該，因為貪心，反而兩頭落空。**」

人生也常是如此，想做的事情很多，但眞正能夠做到的卻很少，學語言也是這樣。

我時常聽到有人一下子想學德文，一下子想學法文，還來不及問他法文學得如何，轉眼又因爲迷上韓劇開始學韓文了，學得雖多，卻不能持之以恆，於是學習語言就變成一連串讓自己挫折的經驗。

我自己也沒好到哪裡。大學時代同時學習韓文和廣東話的那段時間，就是學習語言過程中的一個大敗筆。

當時，我透過旅行的機會，淺嘗學習了幾種不同的外語，得到相當成就感，覺得很有自信可以再多學幾種語言，我找一個至今還是很要好的同學阿涼打商量，她是韓國僑生，央求她教我韓文，我們又共同有一個很好的香港僑生同學賈桂林（這可是千眞萬確的名字），所以我們的超完美計劃是這樣的：三個人來個語言交換，每天三個小時，第一個小時我教她們兩個日語，第二個小時賈桂林教我跟阿涼廣東話，然後第三個小時阿涼教我跟賈桂林韓文。日文的教材，因爲之前我已經有當日語家教的經驗，所以備課的教材可以現成派上用場。

阿涼人如其名，無論做什麼事情總是涼涼的，眼看約定交換上課就要開始了，她還沒有找到任何韓文教材，不過當時韓劇還有韓國藝人還沒像現在這麼流行，所以的確沒有什麼比較有趣，適合年輕人學習的教材。於是我到日本的時候，特地在書店買了好幾種專門教韓語的彩色教科書，看起來圖文並茂，野心勃勃地認爲，如果可以用日文學韓文，這樣可不是一舉兩得嗎？這二合一的日韓教科書簡直比我現成有的日文教材還要妙啊！

唯一剩下的就是廣東話的教材了。賈桂林利用假期回到香港的時候，走遍書店尋找廣東話的教材，原本以爲應該到處都有賣廣東話教材，但奇怪的是竟然怎麼找都遍尋不著，只有非常老舊，單色馬糞紙印刷粗糙的老教科書，還附兩卷錄音帶的那種，眞是太古典了，因爲我們當時喜歡聽達明一派、Beyond的歌，歐陽應霽的漫畫，反覆看周星馳的無厘頭電影，這些內容是絕對不可能出現在這套古董書裡的，於是賈桂林急中生智，決定隨便買一堆港版小說充當最實用的教材，因爲這種口袋版的隨身小說，都是用非常通俗的粵語寫成的，又常常符合最新潮流。

唯一的問題是，我們隨便打開一本書名叫做《以家點訓好？》的小說，立刻發現賈桂林沒有打開讀就買回來的，不是露骨的情色小說，就是荒誕至極的鬼故事。

「用廣東話寫的書，都是這類的啊！」身爲虔誠基督徒的賈桂林，立刻兩頰泛紅，但是既成事實，也只能將就使用。

就這樣，我們三個開始用這些奇特的教材，學習三種語言：韓文、日文、廣東話。

每次只能專心學一種新的語言

一開始大家都興致勃勃，我已經可以用相當熟悉的日語來學習韓語，發現這兩種語言的文法相似度極高，所以對我來說，一旦學會讀就能夠發音，剩下的功課主要就是背誦單字。但是對於阿涼跟賈桂林來說，要用我學韓文的教材來學日文，卻是不可能的任務。

另外一個問題是，粵語畢竟是漢語的方言之一，所以有很多發音跟普通話是既相似卻又在細微處是完全不同的，韓語和日語裡面，各自有很多漢字的痕跡，所以這些漢字的發音，也跟中文有許多相近的地方，但非漢字的部分，卻又完全不同。

所以學了一兩個禮拜以後，三個人就陷入大混亂的局面。

比如說簡單的「坐」這個使役動詞，韓文中的漢字是「安坐」，日文的漢字是「坐る」，廣東話的漢字當然也是「坐」，三個坐的發音都不同，但韓文中的「坐」跟廣東話的「坐」卻偏偏又極爲相近——很相近，仔細聆聽之下，又有極大的區別。

當我們統統混在一起學的時候，很快就發現當我說韓文中的「坐」字時會突然用粵語的發音，阿涼遇到相同的漢字時會用韓文的發音來發粵語，對於日、韓文法事先毫無概念的賈桂林，則是完全搞不清楚日文到底什麼時候用音讀、又什麼時候得用訓讀，總之就是一團混亂。

硬撐了一段時間後，我們陣容堅強的語言交換金三角，就這樣無疾而終了。到現在廣東話跟韓語，都只能應付到餐廳點點菜，或是看了能讀的地步，阿涼自從完全放棄日文後，廣東話就突飛猛進，變得非常流利，一直到現在回到首爾應也能夠運用自如，至於賈桂林則是可能被我們嚇到了，從那時候開始到畢業爲止都用英文跟我們說話，之後更完全從我們的生活當中消失。

回想起來，我們當時選擇的教材雖然不高明，但是如果一次只學一種語言的話，無論是日文、韓文，還是廣東話，應該也是都可以學好的，問題是摻雜在一起的時候，**就算再好的課本或老師，也沒有辦法創造奇蹟**。

我這才明白，其實學烹飪、學裁縫、學數學時都可以同時學開車，因爲這都是完全不同的技能，但還不會開車的人，一定不可以到駕訓班，早上學英國或日本式的左駕，下午學台灣或美國式的右駕，認爲「反正一樣是學開車，不如同時把兩樣都一起學起來！」這樣的人肯定兩種駕照都考不通過，就算勉強通過，大概也會一輩子都是很糟糕、超危險的駕駛人。

如果一個已經在台灣開車十多年的右駕駕駛，到了日本或是英國，一開始開車可能會覺得很不習慣，尤其是轉彎的時候，但頂多一個星期就又能很熟練左駕開車了，而且從此以後，就算有時候靠右邊開或靠左邊開，都會變成反射動作般能夠順利切換。反之亦然。唯一行不通的，是在開始時就想把左右兩種駕車方式都一起學好。

原來學語言也是一樣的，**每次只能專心學一種新的語言，一旦有了一定的程度，再學另外一種語言，就不會太困難**，分別學習兩種語言加起來的時間，可能比同時勉強學習兩種語言所花費的時間更短。

結論是：**想要同時學兩種語言，而且都想學好，就會像童話故事裡貪心的獅子，最後兩頭落空啊！**

語言也有買一送十的好康優惠嗎？

想要同時學兩種非常相近的語言，認為這樣比較有效率，是很多熱中語言學習的人常犯的錯誤，最常發生的「姐妹語言」，是西班牙語與葡萄牙語，還有法語跟義大利語。就像日語跟韓語的文法很接近，如果真心兩種語言都想學的話，不妨**先挑一種語言作為基礎，基礎穩固了以後，再用這種語言的基礎，作為開始學習另外一種「姐妹語言」的跳板**。

學習姐妹語言的時候，要如何知道自己的程度已經足夠，可以開始學同一組語言中的另外一種，卻又不會傷害先學的語言基礎呢？

比如先學日語再學韓語的話，當日語的程度，已經足夠可以閱讀報紙，聽收音機，收看電視節目，也能夠跟人聊各種不同的話題時，就算基礎夠穩，可以開始學習韓語了。這時候，雖然韓語只有初級的程度，學習韓語也不會影響繼續精進日語程度的進步——繼續增加語彙、持續追求近臻完美的流暢度。

不這樣做的話，同時每種都學一點點，就會聽起來像很多旅遊風景區的小販，可以用好幾十種語言問觀光客要不要買明信片，但每一種語言聽起來都很怪，或是很粗鄙，沒有文法可言，也不禮貌，不像是接受過良好教育的人。

所謂的「姐妹語言」，西方語言中有羅馬語言家族跟德語家族，羅馬語言包括前面提到的法語、義大利語、西班牙語、葡萄牙語、羅馬尼亞語，西班牙巴賽隆納所在區域普遍使用的 Catalan 方言，還有幾個西歐方言，都屬於同一個語言家族。德語家族下除了德語外，還有英語、丹麥語，以及一些北歐地區的語言，基本上只要有足夠穩固基礎，學習另外一個姐妹語言，應該都只是區區幾個月的時間，也就是說，邊際效益是相當高的。

這是爲什麼我從學生時代就相當佩服台灣的翻譯家黃有德女士，有回有幸碰到她時，親自請教她翻譯的技巧時，她說德語是她的基礎，所以只要是德語家族的十幾種語言，雖然不見得有日常流暢會話的能力，但都有翻譯文學作品的能力，遇到翻譯上的問題，只要有一本字典，還有一個可以請教的母語朋友，就遊刃有餘。在此之前，我一直以爲所謂「懂」一種外語，應該先有會話的能力，才能有翻譯的能力，因爲我們從小在學校或是語言補習班學習英語的經驗，一開始總是先學習一些日常會話，所以「會話」

是屬於「初級」的學習內容，至於翻譯或口譯是「進階級」的，應該是語言的專家，才能具備的專業能力。但從跟翻譯家的一席話後，我才知道如果面對的是**同一個家族裡的「姐妹語言」，只要其中一個語言的基礎夠強，其他語言就算說得零零落落，也有可能有很高的翻譯程度**。

並不是只有西方語言才有這種「買一送十」的好康，以泰語爲例，當我學習泰語有一定的程度以後，因爲聽流行音樂跟看電視，自然而然就會發現東北部的 Isan 方言，扮演著有如閩南語在台灣通俗文化當中的角色，很多有趣、搞笑，或是受勞工階層歡迎的通俗連續劇，都在正式的泰語中，穿插著 Isan 方言。

而這所謂的 Isan 方言，跨過泰國東北部的國界，進入寮國之後，基本上就是寮國的官方語言。在寮國南部，正因爲兩種語言太相近了，幾乎每個人平常看的都是泰國電視，卡拉ＯＫ唱的也都是泰國的流行歌曲，所以會說泰語跟一點 Isan 方言，再學寮語，只要短短的兩三個月，一定可以學習得很不錯。

至於泰國往西邊，穿過國境進入緬甸國界，廣大的撣邦自治區裡，撣族有區分爲好幾個分支，其中除了 Tai Mao 這一支使用緬語的字母來拼音之外，其他各支都用泰文字母，也就是說有了泰語基礎，撣邦的每一種方言，也都可以各自花一、兩個月，就可以融會貫通。

泰國往北，進入中國邊境的雲南，有爲數眾多的擺夷族人。擺夷族人的語言，也就是撣族的其中一支方言。所以泰語學習得夠好的話，其實相當容易就可以將周邊將近十種方言都上手，**每學會一種新的語言，同時也就打開通向世界的一扇窗子**，能夠學好一個語言，打開十扇世界之窗，任誰都會覺得這是件超級划算的事吧？難怪很多人會學外語學到上癮，尤其是同一個語言家族的語言，只要多花幾個月的工夫，就可以拓展對世界理解的版圖。

「順便學起來」要做什麼？

雖然「順便」學起來的想法很誘人，尤其本來就有貪小便宜歐巴桑性格的人，或是傳說中有證必考、有考必上的「證照達人」，更是無法抗拒誘惑，覺得不順便把姐妹語言學起來簡直是太不划算了，因爲每多會一門語言，就像是獲得一枚光榮的勳章，或是收集全套公仔。

問題是，學了以後要做什麼？

如果沒有清楚的學習目標，就算簡單學起來，因為沒有用處，也會輕易地忘掉。所以在打算花五百個小時，學一門姐妹語言的時候，不妨先問問自己：

「學好以後，要做什麼？」

是爲了要把這個語言視爲第二母語，還是希望旅行的時候能夠跟在地人聊天，或是想要翻譯當地的童話繪本？這三個不同的目的，所需要的語言程度，是完全不一樣的。

比如我開始想要學韓語的時候，是想有朝一日將韓語當作日常主要語言的決心，因爲我還是大學生時，在韓國當背包客自助旅行，天橋上算命的老太太鐵口直斷說我日後會跟一個韓國人結婚。當時一聽，覺得如果不趕快把韓文學好那還得了？所以我決定要把韓語學精通，無論花十年、二十年的光陰也在所不惜，畢竟這關係到我終身的幸福啊！

但是當我開始跟韓國僑生，也是我的韓語老師阿涼討論這件事情時，阿涼朝我澆了一桶冷水，說韓國天橋上那種算命的都超級不準的。當時我已經開始非常積極的參與各種韓國友好訪問團體的接待活動，尤其是混在韓國僑生跟韓語系的高材生之中，搶著接學好語言之後，要做什麼？
自己要想一想！

1. 作為第二母語？
2. 旅行時要跟當地人聊天？
3. 想要翻譯童書？

待女子大學的舞蹈系公演團體，擔任訪台行程的全程保母，而且表現超賣力，連梨花女子大學的老教授都覺得這個台灣年輕人眞可取，主動要幫我安排相親，後來我發現韓國的禮數之多，跟日本簡直不相上下，要我撒野習慣的下半輩子都遵循韓國的禮教，恐怕親家也會變成仇家吧？我意識到語言或許可以學，但個性是學不來的，所以最終也就涼涼的把韓語晾在一邊了，但我還是喜歡說一點韓語，也喜歡跟著阿涼在冷天去大院子裡吃人參雞，也還總想著有一天，還要背起背包跟十八歲的時候一樣，再度到首爾一路搭火車到釜山，在港口大口吃老婆婆手捲的壽司後，搭渡船去日本下關。

但如果對韓國只是這種程度的喜歡，其實並不需要精通韓語。

更進一步說，**我的目標是想要藉著不同的語言，打開世界之窗，其實是不需要精通任何一種語言的**。

未來的事情很難說，雖然我已經早就不相信天橋上的算命婆婆當年說的話，但在一個特定情形下，現在的我仍會義無反顧的想要精通韓語，那就是作爲一個國際ＮＧＯ的工作者，我還很嚮往著有一天，有機會到北韓，參與能夠加速改善北韓人民生活的計劃，像過去十年來親眼目睹緬甸令人振奮的改革開放般，陪伴北韓變成這個地球上最後一個走向正常化的國家，就算要花另一個十年，那也一定會是很棒的十年吧？因爲這一絲希望，我到現在還不時會拿出韓語課本、單字卡出來複習，**確保我還保持著基本的程度**，如果有一天要用到北韓的韓語（經過長期的分離統治，南北韓的韓語已經就像台灣與大陸的中文用語般，出現了明顯的區別），我知道只要全力衝刺，花三個月的時間，應該就可以披掛上陣，到最喜歡的第一線去做社區工作了——很有可能，我必須先到中國境內松花江畔的某個小城市，才能找到熟悉北韓人民生活用語的朝鮮族韓語老師，而不會是在南韓。

就算這一天永遠沒有來到，能夠自由自在走進任何一家韓國巴黎麵包連鎖店，點我喜歡的杏仁丹麥麵包跟黑咖啡，或是到魚市場吃生魚拌飯，之前還有幸為在韓國大大暢銷的《疼痛，才叫青春》這本給年輕人的勵志書中文版寫序言也算是值得了，因為我知道只要我持續做一點小小的努力維持基本的理解，這扇韓國的窗子會一輩子一直為我保持敞開著。

這種信念時時提醒著我，只要好好活著，**透過一點語言的幫助，隨時都能親自去接觸這個廣大的世界是件多麼美好的事**。

文學作品讓人對語言嚮往

俄語、捷克語和波蘭語，也是屬於「姐妹語言」。

捷克的首都布拉格對於台灣人來說，似乎代表著一種無法言喻的情調，象徵有點憂鬱的文學記憶，似乎滿城俯拾皆是卡夫卡，孤獨的米蘭昆德拉總在早晨起霧的街頭，或許有人記得「好兵帥克」的哈謝克，還是一九八四年諾貝爾文學獎的得主魏菲爾，不久前過世的捷克前總統哈維爾，似乎也跟台灣知識分子有著無法用理性解釋的革命情感，就連在台北特別受到文藝青年鍾愛的咖啡館，都取名叫做布拉格、卡夫卡，似乎在商業掛帥的時代，布拉格有一種風吹不動的骨氣，讓讀書人對於純文學的嚮往，跟這個城市已經劃上了等號，所以說如果身邊有朋友說他是爲了這個原因而決定去布拉格旅行，我一點都不會覺得驚訝。

有什麼地方比布拉格更適合一個人獨行？感受文學中美學要素的化身，靜靜穿梭在這一千多年的城市裡，陽光底下閃耀著紅瓦屋頂與屋頂，像是一篇又一篇雋永的短篇小說，清瘦的樹像是一則一則的寓言故事，鞋跟在黑色的石子路上走動發出的聲音，是一連串的音符，切過布拉格的河流，則提醒著我們史麥塔納的交響詩「我的祖國」，夢境與現實在這裡交錯，入夜後遊客逐漸散去的舊城區，卡夫卡小廣場恢復應有的寧靜，街貓在此與我四目相會，好像在說：既然來了，就請多待幾天吧！

捷克因爲語言的關係，即使政治與距離遙遠的俄羅斯已經完全切割有很長的時間，但是相較於不遠處的德國法蘭克福，捷克文學作品的氛圍，還是比較接近俄國的作品風格，法蘭克福距離雖然很近，也同樣是全世界愛好文學者朝聖的另外一個地點，給人的感受卻完全不同，這跟德語與捷克語不屬於同一個語言家族，恐怕也很有關係。

雙語的選擇

每年秋天，全世界的出版者和新聞工作者，就如同伊斯蘭教徒前往聖城麥加那般，從世界各個角落擁入法蘭克福會展中心，參加爲期一週的國際書展，在這裡，每個愛書的人都能夠找到自己的一小片天堂，不只聽到讚美，也接受批評，彷彿一個文化界的奧林匹克，德國人用擅長的理性分析，完美的規劃，讓這個城市成爲書的競技場。

德國的文學創作圈子，卻有一種捷克沒有的元素，那就是多種語言和跨語言的文學，因爲德國提供了一個母語並非德語作家的文學創作空間。

移民文學在過去幾年在德國越來越受到重視，並獲得德國讀者、文學評論家的認同。很多評論家說，這些移民作家獨特的創作潛力，很大部分要歸功於他們具備多種語言的能力，以及多語所衍生的跨文化特質。

在多數人眼中，母語是獨特的，語言學者也偏愛「第一語言」（Erstsprache）這個概念。當父母親分屬兩種不同的語言時，一個人當然擁有兩種第一語言，少數移民作家就是這種狀況。當這些人能夠將兩種語言都運用到純熟如「母語」的程度，這就是眞正「並行」（koordiniertem）的雙語能力，像哈洛德．凡萊希（Harald Weinreich）就是其中的代表人物。

但現實中有另一個更經常出現的雙語形式，則可以算是一九七○年代及一九八○年代的移民文學先驅，當時稱爲「外籍勞工文學」或「外國人文學」。這些人在人生很晚的階段（大多在成年後）才開始學第二種語言，而且是刻意去學習外語。工作移民身分和當地人對外國人在社會思想上的成見，更讓這一代的作家在先天上就有相當程度的矛盾，而表現在其寫作的語言和題材上，台灣也慢慢開始有來自越南、泰國、印尼的新移民嘗試用中文創作，就是這樣的例子，在德國的代表性作品，則是印卡・阿克曼（Irmgard Ackermann）於一九八三年所出版的《生活在兩種語言之中》（In zwei Sprachen leben）一書。

很多年輕作家的語言背景，他們或屬於外籍勞工的「第二代」，或因柏林圍牆倒塌的政局更迭，或因最近爆發的巴爾幹戰爭，而大量移民進入德語國家境內，而被動的成爲多種語言的使用者。

巴爾幹地區，就像中國的新疆自治區，長久以來一直是各種少數民族共同生活的空間，所以使用多種語言本來就是日常社交生活的一部分。至於很多原本第一外語爲俄語的移民，在德語學校系統，必須先面對英文爲必修外語的現實狀況，這些移民因此至少需要面對三種語言的現實。

二○○九年德國發表一項首度獲得成果的計劃，收集了近年來自許多地方的移民作家，備受讚賞的德語文學作品，並從語言學和語言美學角度，研究分析他們的作品，因爲有些境外移民作家的作品中，常因爲與德語讀者閱讀的習慣有差異，一開始會讓人感覺陌生、疏離。但仔細再看，會發現他們因爲多語言的背景，大膽嘗試德語爲母語的作家不會想到的排列組合，因此反而擴展了德語的可能性，好像用德文玩文字遊戲實驗，這類母語非德語的作家，包括有菲利杜恩・贊蒙格魯（Feridun Zaimoglu）、艾蜜納・賽吉・奧茲達麻（Emine Sevgi Özdamar）、達拉吉雅・拉席克（Dragica Rajèiæ）和阿爾瑪・哈茲貝戈諾維克（Alma Hadzibeganovic）等。

歐洲人有個說法，是說義大利人雖然尊敬德國人，但是並不喜歡他們，反之德國人不尊敬義大利人，可是卻愛義大利人愛得不得了，這似乎一語道破了羅馬跟維也納，一個說義大利語，一個說德語的兩個城市之間有趣的差異。這又回到語言家族的區分，義大利是羅馬語言家族，跟德語家族，自然而然就劃出了明顯的界線。

學語言哪個城市比較好？

對羅馬人來說，生命的意義在於享受，生下來就是要沉浸在各式各樣的愛中，兒子終其一生浸潤在母親無止無境的愛裡，就算穿著當季最時尚的西裝，坐在競技場的階梯曬著太陽，看著往來的人時，每個人手機另外一端滔滔不絕的對象，永遠是自己的母親，也難怪義大利年輕男人很少爲了求學工作而離家，甚至三十歲以上還跟父母住在一起，把所有工作的所得用在自己身上的享樂，義大利人的比例也是全歐洲之冠，與家人關係非常的深厚，就連中國人都要自嘆弗如。

對維也納人來說，生命的精粹在於藝術，沒有藝術的生命是膚淺的，每個人在藝術上都是一個眞正的行家，甚至有一種說法：「一個沒有審美意識和藝術感的人，就不是眞正的維也納人。」這麼說還算保留，如果說他們除了吃飯睡覺，無論貧富階級，唯一關心的只是音樂跟戲劇，好像義大利人眷戀母親那樣迷戀著藝術，維也納人的血管裡面流著的是海頓的音符，嬰兒吸吮的乳汁是莫札特的靈魂，呼吸的空氣是貝多芬的樂章，恐怕也不算誇張。

羅馬像是個頹廢派的貴族，男人們自信而且自戀，深深地爲自己的美貌著迷，依偎在母親懷中永遠長不大，女人則在各種男人的甜言蜜語中醉生夢死，永遠有無止境的恭維，隨時等待著遙不可及的愛情、母親手擀的麵食、溫暖的陽光。

維也納則是人道主義的英君，一個在白天刻意保持拘謹的城市，女人隨時總是穿著合宜高雅的套裝，男人在任何公開場合則一律穿西裝打領帶，以讀書會、演講、博物館、音樂會、電影展作爲入夜後的精神狂歡。

「哪一個城市比較好？」時常有人這麼問我。

對我來說，這就像問**「學哪一種語言比較好？」同樣是無法回答的問題**。這也是爲什麼，旅行跟學習語言，都如此讓人著迷。無論你多麼聰明，人一次只能學習一種語言。但是語言學家也相信，**只要不貪心，保持一次學一種語言，任何人一生能夠學習語言的總數沒有上限**。

無論到外國旅行，或學習外國語言，其實都只是鑰匙，爲我們打開通往世界的窗戶，如果目的變成收集鑰匙，那就本末倒置了。

第 4 堂

到底要學多少單字才夠用？

我學泰國語

學習理由 NGO 的工作據點。

學習祕訣 從在地人生活中最常出現，也最重要的字開始。

常常聽到的那幾句話就是當地文化

當我一開始學習泰語的時候，並沒有到正式的學校去，但是從日常每天跟路邊的小販，搭車時聽陌生人聊天，打開電視看到綜藝節目或是MV單曲，我發現重複率非常高的幾個字，幾乎每兩三句話就必然會出現其中的一、兩個字。

泰國人無論男女老少，只要看到喜歡的東西，就會忍不住發出「Chorp!」更加愛不釋手時，就會重複說「Chorp Mak Mak!」

吃到好吃的東西的時候，咬一口就會驚嘆的說「Aroy!」無論是五星級飯店的料理，還是路邊攤販的小吃。

只要看到誰精心打扮了，穿漂亮的衣服，無論男女，一定會被誇獎「Suay!」更誇張的就會說「Suay Mak Mak!」

要是身邊有人生氣了，旁邊一定有人拚命在旁邊勸說「Jai Yen Yen!」生氣顯然是很要不得的事情，讓身邊的人都覺得丟臉。

無論是手上的一個杯子不小心打破了，或是一整個櫃子的貨品打翻了，受害的商家跟闖禍的客人，都搶著說「Mai Pen Rai!Mai Pen Rai!」

一開始，雖然不知道這幾個字確實的意思是什麼，但是不斷在各式各樣的場合聽到這些字，自然而然就理解這幾個字的意義，還有這幾個簡單的字對於整個泰國社會的重要性。

能夠遇到喜歡的事物，吃到好吃的東西，看到賞心悅目的景象，是三件泰國人生活當中最重要的事情。及時行樂，人生苦短。不喜歡，不好吃，不美的東西，無論再怎麼便宜也沒有用，再窮的人也不會去碰。

但萬一遇到不如意的事情，與其追究、懊悔，最重要的都是先把心放下，算了，沒關係，已經發生的事，有什麼好說的呢？繼續昂首闊步，把自己弄得漂漂亮亮的往前走吧！只是闖禍的人，搶著說算了算了，對於不習慣這個文化的外國人來說，一開始可能聽了會很生氣吧？

當我也開始把這幾個字，隨時隨地掛在嘴上以後，**發現身邊開始被永遠的笑容圍繞著**，被當成觀光客的爾虞我詐沒有了，陌生城市的緊張感消失了，**我開始變成曼谷人看得起的「上道」的外國人，開始懂得泰國式的生活態度**。

尊重異文化觀點、易地思考，當然是所有進入田野工作者的前提，可是如果事實是：不論我們再怎麼努力嘗試，不同的環境所塑造出不同的世界觀終究存在著隔閡；我們今日自以爲成功的跨文化溝通，如果其實只是受到強勢文化支配，造成可以理解的假象而已呢？

我從泰國人身上學到，無論是泰國人看外國，或是外國人看泰國，都有跨不過去的地方，當西方努力的找尋理論來解釋的時候，泰國人只會說，這就是文化差異，明白了、接受了就好了，你過你的，我過我的，Mai Pen Rai，無所謂。

這種時候，對方的語言就可以幫助我去直接感知對方的環境，而**不是硬要用我的文化經驗，從「翻譯」的角度去預期對方的反應，否則這道永遠跨不過的溝，就會越變越寬。**

只要學會五個字，就可以在泰國生活了！

從哪裡開始呢？就從在地人生活中最常出現、也最重要的那幾個字開始，**不是「溝通」，也不是「翻譯」，而是張開雙臂、毫無保留，開開心心的接受**。一旦我接受了Chorp，Suay，Aroy，Jai Yen Yen，還有Mai Pen Rai這幾個字對於泰國人生命的無比重要性，而不是這些事物跟價值觀對於我個人的意義，我在泰國的日子就開始變得很好過了——因爲我知道無論遇到什麼困難的時候，都要Jai Yen Yen，別把自己跟身邊的人都弄得那麼沉重，既然已經發生的事，不要頻頻回頭，Mai Pen Rai，往前看，吃點好吃的吧！把自己弄得光鮮亮麗吧！買點喜歡的東西犒賞自己吧！人生多麼美好！

說曼谷是全亞洲最國際化的城市，我個人認爲當之無愧，作爲一個從過去到現在從來沒有被殖民，從來沒有排外、恐外的社會，選擇在曼谷落地生根的外來族群，確實來自地球的每一個角落，每個不同地方來的人都可以在這個城市裡，找到自己的位置。英國人在這裡找到銀行業，印度錫克教徒在這裡佔領了裁縫業，華人掌握黃金市場，印度人買賣鑽石，俄羅斯人經營特種行業，美國人教英文，澳洲人做房地產，緬甸人在漁船上，伊朗人設計珠寶，奈及利亞人專門跑單幫出口民生用品到非洲，也有中東人專屬的觀光醫療市場，菲律賓人在旅行業的地位則在南方度假島嶼無可動搖。

各式各樣的人選擇在泰國居住，有些歐洲人在曼谷居住幾十年的時間，卻還是完全不會說泰語，也完全沒有學習的意願，無論多久都還抱著進入「蠻荒」的心態，長期適應不良與對泰國人的無法理解，變成這群人的標記。相反的，我身邊卻也有丹麥人、俄羅斯的朋友，不只全心全意生活在泰國式的生活態度裡，泰文聽讀說寫都非常流利，甚至還會唱些東北農村 Isaan 地區的鄉村歌謠，通過政府的檢定考試，正式入籍泰國成爲泰國人。

我自己十多年來，以泰國作爲 NGO 工作的據點，是一個觀察者，卻**也是一個參與者，從生活點滴，到自身的改變及思考**，當然少不了文化衝突的笑點，都成了我在學習泰國語言時最大的支持力量，因爲我看到，要是我們能**更努力嘗試，自然就能看到別人眼中的世界，也更能學會如何尊重彼此的觀點**。

「不要相信任何主動跟你說英文的人。」成了二十多年前，我第一個泰國朋友給我的忠告，也是最好的忠告。因爲即使不懂泰語，透過幾個不斷聽到的字眼，任何人也能夠感受到這個語言傳遞的訊息，可是用英語裝飾過以後，雖然還是從泰國人的口中說出來的話，反而聽不出眞正的情感跟意義了。

原來只要學會五個字，就可以開始在泰國生活了。

連續好幾個星期單字卡沒有增加的話……

有一個初學法文的朋友，她覺得我建議的單字卡方法很讚，所以她決定從此只要看到報紙、雜誌、小說上，有任何不認識的字，就抄在一張空白名片做成的單字卡上，然後用翻譯機或線上字典查了以後，把字的解釋寫在背面。

一開始的時候，不認識的生字還眞的滿多的，可是就這樣用掉七盒名片，也就是七百張單字卡以後，很神奇的事情發生了：再也沒有新的生字出現了。

「難道法文就只有這七百個字嗎？」我這朋友覺得很不可思議。

當然不是這樣的。實際上，法文有二十萬個字彙，英語有超過四十萬個字，英語是詞彙量最大的語言，其中百分之八十的單詞是外來詞。就算母語是法語或是英語的人，也不可能字字都認識，就像打開康熙字典，肯定也有許多我們從來沒有看過的中文字，但是不需要懂二十萬個法文字，才能讀法文，像我這位朋友，七百多個法文字彙，讀一般的法文出版物就已經綽綽有餘。

義大利語也差不多，只要學一千個字，就等於懂了百分之八十五的日常會話用語，所以如果能夠自學這一千個字，等於就有了義大利語的中級程度。

有些語言意外的複雜，比如說泰語有四十七個代詞，表示「我」的代名詞有十七個，表示「你」也有十九個說法，但是我們一般都不會認爲泰文是個特別難上手的語言，因爲對於大部分日常生活使用來說，只會需要用到一兩個，並不需要每個都知道。

中文不也是這樣嗎？如果深究，古文中指稱「你」、「我」、「他」的字，恐怕加起來也有上百個吧？一個字可以變成上百個版本，聽起來很複雜，但是現代中文其實重複率很高，其中「曝光率」最高的漢字是「的」，書寫的時候平均每二十四個字就會出現一次。「子」字則是組合比例最高的漢字，可以構成六六八個詞。

對大多數人的主觀印象來說非常困難的俄文，其實也不例外。最常用的七十五個俄文字，就佔了一般俄文文章百分之四十的篇幅。稍微擴大一點的話，有百分之五十的俄文是兩百個常用字組成的，五二四個最常用俄文字彙佔總篇幅的百分之六十，一二五七個最常用俄文字彙佔總篇幅的百分之七十。

如何自我檢視，外語的聽讀說寫能力要到什麼程度才算「夠」？最簡單的評估方法是，如果你發現不斷閱讀各種不同文章，無論是書報雜誌還是網路，連續好幾個禮拜單字卡都一直**沒有增加的話**，那就表示你應該已經掌握了超過這個語言**百分之九十**的常用字，這時候，就**可以開始學習另一個新的語言了！**

不過要提醒大家的是，如果用手抄過一遍，寫在單字卡上，會比較容易記得，尤其同一個單字，很有可能在同一篇文章中再度出現，如果只是查了一下線上字典知道意思，等到在文章下一段再出現的時候，很可能已經忘記了，又必須重複再查一次，但是只要在空白名片紙上寫下來，作成單字卡，讓手幫助腦子記憶，保證在讀完這篇文章之前，一定不會有再查一遍的需要。

俄文最常用單字占文章比例

75 個	40%
200 個	50%
524 個	60%
1257 個	70%
2925 個	80%
7444 個	90%
13374 個	95%
25508 個	99%

流利的定義

英國劍橋大學的語言學家有個有趣的實驗，那就是請不同英文程度的人看以下的這段話：

Aoccdrnig to a rscheearch at Cmabrigde Uinervtisy, it deosn't mttaer in waht oredr the ltteers in a wrod are, the olny iprmoetnt tihng is taht thefrist and lsat ltteer be at the rghit pclae. The rset can be a total mses and you can sitll raed it wouthit porbelm. Tihs is bcuseae the huamn mnid deos not raed ervey lteter by istlef, but the wrod as a wlohe. Amzanig!

雖然這段話的拼寫亂七八糟，但是字母的排列或拼法，其實只要頭一個字母跟最後一個字母在對的地方，就不會影響閱讀，因爲當我們在閱讀的時候，其實不是讀每一個字母，而是把每個字作爲一個最小單位來閱讀的，這就好像中文的四角輸入法，只要角落的形狀對了，就會知道是什麼字，甚至不需要知道確實的筆順或每一筆一劃，當然，這不是以中文爲母語的孩子，從小學習中文最好的方法，但是對於外國人來說，卻可能是救星。

當我們學習羅馬語言家族的語言時，這種類似的規則，也會成爲幫助我們學習閱讀的大幫手。

當我們不知道自己對一個外國語言學得如何時，可以分成「聽」、「讀」、「說」、「表達與書寫」四個部分來檢視，所謂的「流利」應該符合這四個條件：

我的語言流利程度評估表

項目	內容
聽	在不知道對方的話題下，迅速了解別人談話內容，或是聽懂收音機節目，看懂電視節目。
讀	可以讀書報雜誌，順利瀏覽網頁。
說	可以打電話，應付食衣住行日常生活所需。
表達、書寫	可以寫便條，卡片，甚至信件。

從難易程度來說，**如果是自學同一個語言家族的外語，首先具備的能力應該是閱讀**，比如說懂中文的人開始學日文，或是懂英文的人開始學西班牙文，閱讀應該都是最快能夠掌握意思的，**接下來才是聽力，學習聽的同時也就開始學習口語表達，最後也是最困難的部分是書寫**。當然，如果是透過正式語言課程學習的話，那就有可能聽、讀、說、寫都是同步學習的。

學習一種外語的時候，並不是聽、讀、說、寫統統都要有同樣的能力才行，因爲有些人只需要能聽懂就夠了，也有些人只需要會說，但是不需要會寫，比如說我的一個英國朋友，因爲他十多年前要進入荷蘭皇家航空公司工作，所以需要能夠說流利的荷語，如果只聽他說話的話，很多荷蘭人都不知道我這朋友並不是土生土長的荷蘭人，可是他完全沒有辦法寫，幾乎完全不會拼字，實際上，他連自己的母語拼字都亂七八糟，但是對於他的工作來說，他是完全符合條件的好員工。所以學語言的時候，每個人其實都可以按照自己的需求來量身定做。

如果想要評量自己的程度，其實可以簡單用底下這個方法自我評分：

這四項的分數加起來，就是自我評估外語能力的總分。九十六分是滿分，**二十分**以下的話就不能把這個語言列入「會」的語言清單中，有**六十分**程度的話，就算有穩固的有些語言發音無論是誰說都非常清楚，像德語或俄語，因為咬字比較重，所以比較容易聽懂，但有些語言，像英語、法語，發音比較含糊，好像嘴裡含著一顆荔枝，也因此比較難聽懂。

項目	聽			
評估內容	大概可以知道對方要你做什麼，但是更多就搞不清楚了。（5分）	大致上可以跟得上人家聊天，聽收音機或收看電視，也差不多懂一半左右。（12分）	無論日常在街上，或是聽廣播、看電視，幾乎都明白，只是有些單字，不懂就是不懂。（18分）	幾乎少有聽不懂的字。看公共電視的文化節目都能明白，新聞訪問口音很重的鄉下人，也能聽懂。（24分）
達成率	20%	50%	75%	95%

評量對象是一般的讀書報雜誌，或是新聞網頁。

項目	讀			
評估內容	知道文章講什麼主題，但是其他就不知道了。（5分）	可以讀懂大概一半的內容。（12分）	可以流暢閱讀文章，偶而有幾個字不懂意思，但是不到五個字。（18分）	整篇文章幾乎沒有看不懂的地方。（24分）
達成率	20%	50%	75%	95%

除非你學的是已經不再使用的古埃及文、梵文，或是拉丁文，不然都會有口語表達的需要。

項目	評估內容	達成率
說	透過手勢的幫助，可以非常基本地表達自己的需要，但除了「是」跟「不是」之外，幾乎不能多說什麼。（5分）	20%
說	讓人知道你需要什麼，基本上不是問題，甚至還可以簡單地表達自己的意見，或是能夠回答別人問你的問題，但是沒有什麼文法可言，常常都是單字與單字的組合。（12分）	50%
說	可以跟別人聊大多數的話題，而不覺得有口難言，雖然有時候會找不到合適的字彙表達想說的字，但是總是可以轉個彎，用比較簡單的方法解釋，或是直接講原本要說的詞彙定義，讓對方還是能夠了解。（18分）	75%
說	幾乎在什麼狀況下，談什麼話題都行，尤其是講電話的時候，就算沒有手勢跟表情的幫助，也不覺得有障礙，可以說笑話，或是自然地使用俚語（像是「知人知面不知心」），想要誇張情緒的時候可以達到效果，如果想要比較含蓄地表達，點到即止時也可以掌握分寸。（24分）	95%

有些語言，口語跟書寫沒什麼差別，像西班牙文就是這樣。可是有些語言，口語跟寫作就差很多，像法文、俄文、阿拉伯文就是這樣，雖然大家平常講話這麼說，但是真的要寫下來的時候，就必須用比較文雅的方式來表達，很多人不知道，這種現象全世界最嚴重的語言就是中文，像我的文字這樣，看文章感覺上竟然跟直接聽我講話一模一樣，這樣的情形是很稀少的，這跟我的中文造詣比較低可能有直接關係。（請各位讀者評估了！）

項目	寫			
評估內容	只能寫最簡單的固定句子，像是「你好嗎？」「生日快樂」之類的，而且就算只是寫這些字的時候，還是要寫很久。（5分）	可以不花太多時間就寫簡單的email，但是如果要表達比較複雜的概念，比如說假設句，或是必須看狀況不一定成立，或是描述未來（比如：「如果明天下雨的話我可能就改成下禮拜來看你，確實細節得到時候再看狀況，所以我們保持聯絡。」）需要更花時間，而且無法確定到底寫得對不對。（12分）	雖然有時候得查單字，但是基本上可以流暢地寫email跟信件。（18分）	可以寫長篇大論的情書，洋洋灑灑，而且回頭看自己所寫的內容，也覺得的確能夠表達你真正的意思。如果臨時要寫個便條，或是寫個備忘錄給人的話，不會猶豫，因為字彙夠豐富，所以就算不用把話說得很直接，也可以讓對方會意。（比如「方便的話先幫我墊付，下回請讓我帶你出去喝一杯。」）（24分）
達成率	20%	50%	75%	95%

基礎，也就是說，如果這時候要把這個語言暫時擱在一邊，去學習另外一個語言，也不會因此而失去原本有的程度。

以達成率百分之七十五來作爲學習俄語的目標的話，你只需要三千到五千個字就夠了。但是這並不代表就不用再學，而是說如果已經認識三千個字以後，基本上就可以用這三千個字作爲基礎，來學習這個語言其他原本不知道的部分。

「別睡，這裡有蛇」是互道晚安的話？

據語言學家說，世界上約有六千五百種語言，其中大半在接下來的五十到一百年間會面臨絕跡的威脅。有人說這是社會、文化與科學上的災難，因爲語言呈現出群體獨特的知識、歷史與世界觀。但是，就像地球上永遠會發現新物種，也不斷會有絕種的動植物，語言難道不也是這樣嗎？一種語言的存在或消失，對語言學家以外的人而言，眞的很重要嗎？甚至對語言學家來說，一種語言消失除了代表語言的標本架又少了一種，還有什麼其他的意義？

原本是傳教士的美國人丹尼爾．艾弗列特，曾經出版一本書名叫做《別睡，這裡有蛇！一個語言學家在亞馬遜叢林》的書，記錄他一九七七年，爲了「帶著皮拉哈人一起上天堂」，帶著妻子跟三個年幼的孩子，出發前往皮拉哈人部落進行他學習當地語言、翻譯新約聖經的傳教任務，因此在亞馬遜一條名叫麥西河的支流旁住了三十年，結果他離開部落的時候，卻放棄了基督教信仰，成爲語言學家；與妻子離異，卻與許多皮拉哈人成爲摯友。他不僅是唯一一位能夠流利操持皮拉哈語的外來者，而他在這套語言系統上的發現，不但挑戰了語言學界權威喬姆斯基（Noam Chomsky）的既定主張，更向上追溯了語言和文化上的先後關係。這本有趣的書裡面提到這個在亞馬遜流域裡生活的少數民族皮拉哈族，以及他們獨特的皮拉哈語（xapaitiiso）。

皮拉哈語這種語言據說和目前世界上現存的任何語言系統都沒有關聯，是現今穆拉諸語言當中唯一存活下來的語言，此語族其他的語言都在之前數世紀內絕滅了。因此，皮拉哈語已經變成了一個和其他現存語言沒有親緣關係的孤立語言。只有三個母音與八個子音，是目前現知「音位」最少的語言，句型結構也極爲有限。但每個皮拉哈語的動詞，最多可以有十六種字根，至少有六萬五千種可能的變化形式，單詞自由變異很大，語言中沒有顏色（只有對於明與暗的形容）、數字，沒有抽象概念，沒有左右概念，同一個詞彙 baíxi 同時可用於「父」與「母」，句子中也沒有關係字句，沒有社會化的招呼用語，極少修飾語。沒有禮貌用語，做了什麼錯事，都不會表示道歉、懺悔，而會用行動來表示。一些音的發音依說話者的性別決定，女性使用者使用七個子音和三個母音，男性使用者則多出一個發音。

書名《別睡，這裡有蛇！》其實就是皮拉哈人互道晚安時的正式用法，因為叢林中危險環伺，熟睡會讓他們無從防備，所以皮拉哈人很少一連睡上幾小時。另外，這也反映了皮拉哈人的價值觀，他們相信少睡些能讓他們更堅強。所以皮拉哈人的睡眠通常拆分成短短的一段一段；在皮拉哈的村落裡，夜晚很少悄然無聲，通常會充滿談話聲和笑聲。

雖然皮拉哈語只在麥西河沿岸的八個村莊當中，有一百五十名左右的使用者，但它並不處在立即的危險或滅亡的危機當中，因為皮拉哈人是單語的社群（也就是說，他們雖然在巴西境內，卻沒有人會說葡萄牙語，族人以外除了丹尼爾・艾弗列特，也沒有第二個人會說他們的語言），而且皮拉哈語的使用至今依舊是活躍的。但是，根據維基百科，皮拉哈語現在已經加入少數的葡萄牙外來語，像皮拉哈語的「kóópo」（杯子）即來自葡萄牙語的「copo」，而「bikagogia」（商業）即來自葡萄牙語的「mercadoria」（交易、買賣）」，誰知道會不會因為外來語越來越多而威脅這個語言的生存呢？

丹尼爾．艾弗列特是這樣說的：「**一種語言代表一種世界觀，一種瀕絕語言則代表瀕絕的世界觀**。」皮拉哈人堅守實用主義的概念。他們不相信上有天堂、下有地獄，或是其他值得讓人為此犧牲生命的抽象原因。他們讓我們有機會去思索，如果沒有公義、聖潔或罪這種抽象的絕對眞理的概念的話，生命會出現怎樣的可能。

抱持同樣的態度，皮拉哈人也因此不會將作夢視為幻境，因為無論清醒與沉睡時所看見的東西，都屬眞實經驗。皮拉哈人沒有特定社會結構，非父系、非母系，沒有領袖，沒有儀式，皮拉哈人的空間概念很好，用河流定位，所以不需要分左右。在叢林中採集到或捕獲的所有食物，與全部落分享，立即食用完畢。語言中只有一與多，無須數數，他們關心的是當下的體驗或個人經驗。這是一個沒有「創世神話」，沒有「歷史」，沒有「宗教」的部落，但幾乎每個皮拉哈人都相信「神靈」而且看得見「神靈」，族人會不時更換名字，理由通常是他們在叢林與相遇神靈交換了名字。

語言果然忠實反映了一個民族的世界觀。任何社會化的行為與活動幾乎都不存在的皮拉哈族，也因此沒有任何寒暄社交的用語，收到禮物或幫助不說謝謝，見面不說你好，離開不說再見，這樣的社會無禮嗎？顯然皮拉哈人有著很強的互惠觀念，這次我受到別人的幫助，下次我也要幫助別人，是自然而然的道理。

每一種語言，都透露出「人類」這個物種的某個分支或簡單、或複雜的面對世界的方式，也讓學習語言的我們，**透過學習每一種語言的機會，重新檢視自己一直以來相信的真理，重新思考自己的生活。至於學多少字，真的有那麼重要嗎？**

飄洋過海的柚子沙拉

認識我的人，都知道我是泰國料理的忠實粉絲，尤其在泰國安住了超過十年，已經有「又辣又酸的泰式料理才是王道」的偏執，無論到倫敦還是紐約，緬甸南方的仰光還是寮國北方的龍坡邦，都是意思意思吃了幾次當地料理盡盡義務之後，表示我也是個有文化的人，就義無反顧回到以泰國菜爲主食的習慣。

奇怪的是，在台灣泰國餐廳雖然多，但吃起來卻都比較像是雲南菜，這可能跟店主人的背景有關，也或許是台灣人對於泰國料理口味的喜好，總之每次吃都覺得有這麼一點隔膜。

台灣朋友到泰國，如果有半天一天閒來無事，我時常會推薦他們去上個**烹飪課**，看學成以後可不可以在台灣變出一桌好吃的泰國菜，請我當陪客，可惜這個如意算盤至今從來沒有實現。曼谷的烹飪教室雖然多，從五星級飯店到泰國公主都在這領域各顯本事、頭角崢嶸，但我卻總是引薦他們到貧民窟去跟一個在路邊攤賣小吃叫做「菩（Poo）」的歐巴桑學。

這原因有兩個，首先因爲我是NGO工作者，所以對於這個由澳洲的非營利組織經營，幫助貧民窟的住民透過做菜的手藝脫貧的計劃，特別感動。另外一個原因，則是多年在泰國吃遍大街小巷的經驗告訴我，最好吃的泰國菜，不在宮廷中，也不在五星級飯店的廚房，而在沿著老運河的街坊巷弄之中，這些每天餵養著無數勞動者跟平民百姓的路邊攤料理，因爲量大、新鮮、味美、快速，才是泰國食物的精華。

其中我最喜歡的一道菜，在台灣的泰國餐館從來沒見過，就是**柚子沙拉**。

新鮮的泰國柚子，盛產時剝下肥厚的果肉，跟汆燙過的鮮蝦，爆香的紅蔥頭，炸得酥脆的蒜片，魚露，棕櫚糖，酸角豆的果汁，新鮮紅辣椒，月桂葉，芫荽，烤過的椰子絲，炒花生米，拌成這道又酸又甜的涼拌開胃菜，無論天氣多麼暑熱，都會讓我立刻胃口大開。因爲做法簡單，即使不諳廚藝的男人，也能夠輕易上手，成功做好這道讓人讚不絕口的獨門菜。

台灣雖然盛產柚子，但是如果拿甜度很高的麻豆文旦來做，卻少了一股獨特的果酸味和香氣，幾經尋訪，我發現高雄燕巢這個地方，因爲氣候跟泰國的平原很像，所以十多年前從泰國引進當地品種後，種植非常成功，就成了台灣人口中的「西施柚」。外皮又綠又光滑，剝開裡面是粉紅色的，西施柚要好吃，酸甜的比例必須非常微妙，所以聽說燕巢當地農會要收購當地農家的西施柚，必須拿著測甜度的儀器，一棵一棵樹慢慢測，只有甜度剛好的才能採收。

當地種西施柚的都是只有幾分地的小農，像梁金火老伯伯八十幾歲了，自己照顧六分地上的柚子所以產量並不多。即使高雄當地人，只知道燕巢產芭樂、蜜棗，卻大多不曉得自家附近就有美味的泰國柚子。

自從找到燕巢的西施柚園後，我終於在台灣也能靠自己不怎麼高明的廚藝，成功變出一道超完美的泰國家庭私房菜。透過行動，不需要透過任何語言，原來我也可以把對於泰國人生命的無比重要性的 Chorp，Suay，Aroy，Jai Yen Yen，還有 Mai Pen Rai 這幾個字的精神，飄洋過海帶到台灣。這麼說來，雖然我一點皮拉哈語都不會，卻也可以是皮拉哈語強調「**當下體驗**」跟「**個人經驗**」生命觀的忠實擁護者哪！

第 5 堂

任何語言
兩個月就可以上手！

我學西班牙語

學習理由 因為要環繞世界一周，去航海。

學習祕訣 一套好的教材再加上與阿根廷同事聊天。

學習外語的理由

每個人決定學習外國語言的理由都不相同，但是每當我想學一個新的語言時，基本上不脫以下五個原因：

1・為自己的人生加分。

學生時代開始我半工半讀，對於固定在餐廳的長時間跑堂性質的工作，覺得相當浪費時間，因此想著是否能夠**從事時間彈性，又能夠學點東西的工作**。這是我開始接受翻譯工作的原因，讓我隨時隨地都可以工作，進度由自己安排，同時可以趁機學習新知。

無論是爲了在就業市場上更有競爭力，可以在世界各地任何地方都能夠做自己喜歡的工作，或是希望能夠以語言爲專業，像是翻譯、外語教授、外語老師、外交官，外語能力都可以開創更多的可能性。如果具有外語能力，或是學習新語言的興趣，無形中也增加了就業機會。

2・**出國唸書。**

台灣沒有什麼不好，可是**不能因為這樣就把自己侷限在台灣**。「既然一樣要唸書、修學分，為什麼不能一邊旅行、一邊唸書呢？」學生時代的我是這麼想的。

無論是到國外當一年的交換學生，或是到海外留學攻讀學位，出國唸書都可以增加年輕人的國際視野，有時候因為本地學制或是入學考試的方式，讓學生不見得能夠進入自己真正喜歡的科系，比如對於醫學有興趣的學生，在台灣可能非常難進醫學系，只有特別優秀的學生才能就讀，但是到另一個國家可能會比較容易。也有的時候，我們沒有辦法在國內學到想學的技能，像我一個夢想成為民航機駕駛員的朋友，就因此努力學英文，進入美國佛羅里達州的航空學校就讀。

3・**挑戰自己的腦力。**

有些人喜歡玩線上遊戲打發時間，有些人聲稱打麻將可以鍛鍊腦力，有些人則是隨時隨地抱著Sudoku數獨不放，**我排遣無聊、挑戰自己智力的方式，則是學習外語**，本質上沒有什麼不同的地方。

有些人純粹為了學語言而學語言，以學語言為樂，比如學習德文的時候，發現德語結構反而比英語更接近印度語，因為兩種語言都屬於所謂的印歐語系。學習匈牙利文的時候，發現有很多跟日語非常類似的地方，也跟土耳其語、芬蘭語有共通之處。當我們學習語言的時候觸類旁通帶來的喜悅，進一步引發更多的好奇心，都會讓我們走上學習語言的道路。

4・增加機會。

大部分人可能認爲一個裁縫，頂多就只能守著一間裁縫店，等著上門來的客人訂製衣服，但是現在有很多印度的裁縫師，在印度因爲競爭非常激烈，工錢又相當低廉，所以掙錢很不容易，可是有一批錫克教的裁縫師，他們發現如果可以說好幾種語言，就可以化被動爲主動，每三個月或半年，就像有規模的企業一樣到歐美去「跑客戶」，從一個國家跨過一個國家，到每個城市租一間小旅館的房間，幫客人量尺寸後，把訂單送回印度去縫製，再將訂製服快遞給全世界各地的客人，就可以得到更多的客戶，收取更高的價格，因爲即使比印度的價錢高了三倍，可能還是比歐洲便宜了一半以上，可以說是皆大歡喜。至於那些沒有外語能力可以這樣全世界「跑客戶」的印度裁縫，雖然有著同樣好的技術，卻因此平白失去很多賺外匯的機會。

5・方便旅行。

旅行跟學習語言，對我來說就像是「先有雞，還是先有蛋？」的問題。**踏上一片陌**

想一想我學習外語的理由有哪些？

1. 為自己的人生加分？
2. 出國唸書？
3. 挑戰自己的腦力？
4. 增加機會？
5. 方便旅行？
6. 工作需要？
7. 為了異國戀情？
8. 炫耀？

生的土地旅行會讓我有動機想要學習對方的語言，學習語言又會讓我想要更加深入旅行，缺少了當地語言的旅行，就好像無聲的電視節目，會讓我覺得旅行拼圖中，缺少了一塊很重要的部分。

旅行的時候，懂語言跟不懂語言的人，往往會有截然不同的經驗。無論是商務旅行還是純粹吃喝玩樂，如果希望不是只能夠跟著旅行團團體行動的話，最好的方法就是具備基本的語言能力，讓自己能夠打造屬於自己的第一手經驗，而不是永遠透過觀光巴士的玻璃，像看電視般有距離的作爲一個參觀者。

兩個月當然就足夠

凡是現代人大概都不會否認學習外語的價值。但是眞的把學習外國語言，當成一種日常生活的習慣，這樣的人似乎不多。

「學一個新的語言需要多久？」大概是我最常被問到的問題之一。

在回答這個問題之前，我想先說的是：**雖然學習語言的理由，每個人都不相同，甚至同一個人在不同的人生階段，也會因為不同的需要而決定學習不同的語言。**然而，並不是所有的外語，學習的過程都是一樣的，有些語言需要花比較長的時間才能上手（比如西方人學中文），也有些語言聽力特別難以訓練（像英語聽力就比俄語聽力來得難），這中間的區別究竟有多大？

根據語言學家的研究，對於一個以英語爲母語的人，學習中文比學習法語或西班牙語難四倍。如果學習一個全新的語言平均需要一年，那麼學習一個相似度高的語言，用四分之一的時間，也就是三個月，要達到基本程度，並不是天方夜譚，比如母語是中文的人，要學習任何一種漢語方言，或是使用大量漢字的日語、韓語，我相信都是能夠做到的。

我之所以這麼有信心，除了我自己個人的經驗之外，也根據幾個不同的客觀條件。

摩門教傳教士學語言只要兩個月：

摩門教傳教士的語言訓練營，長度是兩個月，也就是說，一個資質普通的美國年輕人，學習一個完全陌生的語言，從學第一個字開始到可以在另外一個國家用當地的語言傳道，只需要八個禮拜的時間。當然，這些年輕的傳教士經過兩個月的訓練，能夠討論的話題很有限，侷限在跟宗教相關的主題，但作爲語言基礎已經很足夠了，接下來在當地生活兩年，同時自然就能學習更多的內容。

星際爭霸戰的粉絲學 Klingon 語只要一個半月：

許多星際爭霸戰的粉絲，都熱中於學習影片當中的 Klingon 語，這個語言完全是爲了電影編造出來的（其實哪個語言不是人造的？），可是粉絲們卻以學會 Klingon 語爲榮，私下粉絲聚會或是一年一度的大型集會，大家都會用這個語言交談。從完全不會到能夠用 Klingon 語流利交談，一般粉絲在網上都說平均只要花六個禮拜就可以學成。

國際 NGO 的田野工作者學少數民族方言只有一個月時間：

無論是聯合國周邊組織或是大部分比較正式的國際非營利組織的第一線工作者，在被派到田野「蹲點」，從事社區發展工作時，都會事先提供一個月的密集語言訓練，雖然學語言的地點不會是最後的工作地點，但語言和生活條件都跟未來的工作地點相似，包括我自己在內以及身邊很多 NGO 工作的友人，也都不止一次參與過這類的密集語言訓練營，所以確實知道一個月學任何一種語言的基本會話，都是可行的。

如果我親眼目睹那麼多兩個月、一個半月，甚至一個月，可以學習一個新語言的成功經驗，我沒有理由相信世界上有哪個語言的基本運用，是兩、三個月不間斷好好學，還學不會的。

航海計劃中的意外收獲

二〇〇一年我給了自己一年的期限，拿著崇拜的十九世紀波羅的海航海家用德文寫成的日誌去航海，目標是環繞世界一周，最初的兩個月（嚴格說來是六十三天）的行程都在中南美洲度過。

當時我學習過將近十種語言，堪稱流利的語言有四種，一開始學習語言並沒有在我航海的計劃中，但作爲一個喜歡旅行的人，我很快就發現自己無論到達中南美洲的哪一個港口，聽到每個人都說西班牙文，立刻就開始後悔爲什麼沒有事先想到要先學點西班牙語。

「如果可以流利地說西班牙語，那該有多好！」

因爲我在一上船的頭兩天就有這種強烈的慾望，算一算接下來還有兩個月會在中南美洲，於是我決定要即知即行，與其接下來的兩個月繼續後悔下去，我當場下了一個決心，要在六十天後，也就是我們的船離開中南美洲以前，讓自己能夠靠自學變成一個可以輕鬆使用西班牙語的人。

既然不是這輩子第一次學習外語，有成功的也有失敗的經驗，所以多多少少有該如何自學語言的概念。之所以選擇自學，原因其實很簡單，因為我在航海，每天都在船上，行駛在不同的港口之間，當然不可能去上語言課程，當時也不像現在，有些外語教師提供可以透過Skype線上一對一教學（丹麥或其他北歐網路化很高的國家尤其盛行這種教學方式），就算有的話，船上使用的衛星連線，傳輸速度也不夠快，價格又非常昂貴，所以我能夠選擇的學習方式，就非常有限了。

既然下定決心，我到了布宜諾斯艾利斯港口，就直奔當地的外文書店，去尋找學習西班牙文的教材，因為都有封口不能打開看，就算能打開我也不知道好不好，所以就隨便買了有附CD的最便宜的那一套，回到船上迫不及待打開，立刻就覺得有點失望，因為感覺很不精美，粗糙的課文都是打字機一個字母一個字母打出來的，而不是我熟悉的電腦排版字體，好像很老舊的感覺，但我很快的就**拋下成見，開始學習**。

直到一星期前我也還不知道自己會說西班牙語

聽了第一課以後，我就喜歡上這套教材了。我還記得很清楚，第一課開宗明義並不是學字母、音標，而是要聽兩個字的差別：

第一個字是 **papa**。

第二個字是 **papá**。

你能聽得出這兩個字的區別嗎？老師在 CD 裡問。

當然，我根本聽不出有哪裡不一樣。實際上，我連兩個字長得不一樣，一開始都沒看出來，其中一個 **a** 上面多了一撇，我以爲是因爲打字機的油墨不小心沾到的關係。

「請再聽一次。」老師在 CD 裡說。

Papa。

Papá。

這次我聽出來有一點點不同了，兩個字發音雖然相同，但是聲調不同。

結果第一個字是馬鈴薯。第二個字是爸爸。

先透過聽力，讓初學者清楚感受到西班牙文像中文，原來是一個有不同聲調的語言，接著才解釋西班牙文的構成跟規則，對於入門的我來說，是很有幫助的。不知不覺中，第一天我就很入迷地把第一張CD都聽完了。

第二天一早醒來，又忍不住很興奮地開始聽第二張CD，同時旁若無人地大聲複誦，西班牙語未知的世界，就像航海前往未知的水域那般讓人心跳加速，而且一想到靠岸之後，雖然只距離昨天不到二十四個小時，但是我能夠聽懂、能夠說的西班牙語，已經增加了百分之百！我簡直迫不及待要到街上去牛刀小試了。

第一個禮拜之後，我已經可以跟船上阿根廷同事Gerardo簡單的聊天了，他很驚訝地說：

「我不知道你會說西班牙語。」

「我上禮拜也還不知道。」

我告訴他我只剛剛開始自學了一個星期，Gerardo大概覺得我這怪咖很有趣，就熱心地說如果有問題都可以問他，我說：

「如果我常常問你問題，你可能會很煩，不如你跟我聊天就好。如果有發音不正確的地方，就隨時糾正我。」

因爲在上船工作之前，Gerardo是一個在布宜諾斯艾利斯執業的律師，所以我相信他的西班牙語，應該是相當文雅的知識分子會使用的，比起跟一般的漁夫、水手，我更想要學這樣的西班牙語。

一有機會，就跟每個人說話

從第二個禮拜開始，我只要一有機會，就跟每個港口遇到的每個人說話，隨便說什麼都好，甚至我會事先預備可能會遇到的人，可能可以練習的話題，故意假裝不知道方向去跟警察問路，明明沒有要買魚卻去跟漁夫詢問魚的種類跟價錢，或是到餐廳裡去練習點餐，提出一些奇奇怪怪的要求（水要有氣泡的，咖啡不要放糖，你們的青菜是有機的嗎？謝謝。）。**只要聽到一個新的字，我就趕快抄下來**，回到船上以後查字典，把正確的拼音寫在空白的名片紙上，**做成單字卡，變成我的隨身補充教材**。

就這樣一發不可收拾，第一冊很快念完了，開始念第二冊。每天我在船上的時候，都花兩到三個小時的時間讀教材，能吸收多少就算多少，**不求快，但是力求精確**，然後帶著啤酒去找 Gerardo 聊天，他如果不能離開崗位的時候就陪他一起工作。

我發現等我完成這套教材的最後一課，距離可以流利進行西班牙語會話的目標，就已經不遠了，而且在用完教材之後，我基本上已經可以靠著這樣的基礎，加上單字卡的幫助，繼續自學。

我們的船離開布宜諾斯艾利斯，是我開始學習西班牙語的第一天。沿路停靠巴塔哥尼亞高原的大小港口，天氣越來越冷，也越來越鄉下，當地人的口音也越來越重，繞過風雨交加的合恩角，到達南美洲西部的智利沿岸時，智利人的口音，很明顯地跟阿根廷人的發音有所不同。兩個月後，當我快要下船的前兩天，在墨西哥打電話到 Barbados 島訂旅館的時候，甚至連草稿都不用打，就已經可以順利的跟對方說我預計幾月幾日抵達，要訂什麼樣的房間，會住幾天，也問清楚外國發行的信用卡可不可以使用，使用信用卡需要另外加收費用嗎？那要加多少？百分之二．七五，原來如此。可以到時候再決定用現金或是信用卡付帳？小姐，真是太謝謝妳了，那我們下禮拜見。

當我放下電話的剎那，眼淚差一點就掉了下來。從以前學習外語的經驗，我知道**打**

電話因為看不見對方，無法用手勢、表情等肢體語言來輔助，也沒有辦法筆談，所以是會話裡面最難的一關，但是我做到了！距離我開始學習 papa 這個字那天，整整兩個月。

一分一秒都浸泡在西班牙語裡

這兩個月以來，我每天除了透過語言教材自學，也每天都在中南美洲現場跟當地人說話，我因此聽到不同的人講他們自己個人的故事，從收音機和電視裡聽到時事，到每個港口都買好幾份當天的報紙來讀，而且我拜訪了使用這些語言的國家，品嘗了當地的食物，可以說只要是醒著時的每分每秒，我都呼吸著西班牙語。

好幾年後我才知道，這套不起眼的教材最早是一個美國的外事服務處（Foreign Service Institute）在一九六〇年代出版的，專門用來教即將外派到拉丁美洲的外交官員學習西班牙語。

事後我才知道在拉丁美洲航海的那兩個月，學習西班牙文，**每一分每一秒都浸潤在**

西班牙語的情境之中，原來並不是獨特的事情，學習語言的專家，其實早就有一個專有名詞，把這種學習方法叫做「Language Immersion Camp（外語魔鬼訓練營）」，到外國去把整個人浸泡到當地語言裡面，在自然的環境下學習，效果是最好的。國際NGO的田野工作者，用短短一個月的時間，在派遣到工作地點前，安排到一個生活環境跟語言都相同的環境去學習少數民族方言，也就是一種外語魔鬼訓練營啊！

另外一件我多年後才知道的事是，我在布宜諾斯艾利斯買的那套教材竟然是盜版的！

軍隊與傳教士

我在美國有一個年紀很大的鄰居，他是軍職退伍的，當他知道我曾經在埃及讀書，很高興地用阿拉伯語跟我說了一堆，我很驚訝地問老先生：

「您的阿拉伯語是在哪裡學的？」

他告訴我，幾十年前年輕的時候他在加州 Monterey 上過美國國防部戰略語言中心（Defense Language Institute）的阿拉伯語課程。他說剛剛進去的時候，一個字都不會說，實際上，在那之前，他甚至從來沒有聽過任何人說過阿拉伯語，但是結業的時候，他已經聽讀說寫都遊刃有餘，遠遠超過我的阿拉伯語程度。

「哇！阿拉伯語聽讀說寫都要流利，那一定花了好多年的時間吧？」我問。

但是我得到的回答讓我非常驚訝：

「我記得很清楚，我們當年的課程，不多不少，整整六十三個禮拜。」

六十三個禮拜，要在國外學會一個相當困難的語言（阿拉伯文書寫尤其困難），實在是不可思議，因爲我在埃及讀書的時候，同學中有一些是所謂的歸國子女，就是在其他國家出生長大的埃及人，大學的年紀回到埃及來唸書，但是十年下來仍然無法用阿拉伯文寫作，一個沒有出過國的美國人，如何在加州學好阿拉伯文呢？

「因爲那**六十三個禮拜，我們生活在封閉的環境。除了學阿拉伯語，什麼其他的事情都不做**，到後來，連作夢都是阿拉伯文呢！」我的鄰居老先生說。

如果能夠到現場去學習當地的語言，效果當然最好，就好像我當年趁著在中南美洲航海的機會學習西班牙文那樣，可是如果現實條件不允許的話，塑造一個人爲的環境，讓學員完全置身一個所學目標語言的環境，原來也可以有同樣的效果。

這讓我想到，過去在美國科技業從事跟多語種軟體的相關工作時，身邊有很多同事都是猶他州來的摩門教徒，一開始我以爲這只是巧合，但共事時間長了以後，發現不只是我服務的公司，全美國很多高科技產業，都大量僱用摩門教徒的年輕男性，原因是他們都曾經到海外去擔任過兩年的傳教士，回來之後無論他們大學原本學的是什麼，都有非常好的外語能力，而且吃苦耐勞，生活簡樸，不輕易離職，外語能力強又容易管理，自然成爲各家老闆爭相僱用的對象。

跟這些前傳教士的軟體工程師混熟以後，我也瞭解比較多他們的制度，這些所謂末日聖徒會（LDS Missionaries）的摩門教徒男性，被派遣去外國傳教兩年就跟一些國家的年輕人需要服義務役有異曲同工之妙，在出國之前，必須先去「MTC傳道訓練中心（Missionary Training Center）」接受兩個月的訓練，在這訓練中心的生活，就等同是以宗教爲主要語言訓練內容的語言魔鬼訓練營。雖然內部很多教徒都說他們因爲傳道的需要，自然而然就可以很快學會一個外國語言，本身就是一種「神蹟」的表現，但是我覺得更應該說，因爲信仰的力量，讓他們有強大的學習動機，加上嚴明紀律的生活，同儕的壓力，社區家人的期望，有如訓練美國外交官的語言集中專業訓練，**兩個月來毫不間**

斷，以至於可以讓這些年輕人的語言能力，無論本身程度資質高下，都進步飛快。

當然，在訓練傳教士的時候，重點都在於如何模擬向當地人傳教，所以「老鳥」都會根據他們的經驗分享眞實情狀，學員就會以傳承的經驗作爲主要參考依據，來設計如何打招呼、打破陌生感、引導話題，因爲有著固定的模式，所以學習的語言內容，也都跟傳道本身的內容有關，如果脫離了這些內容，比如說突然要打電話到客服中心討論修理吸塵器，雖然內容比神學上的討論要簡單很多，卻可能讓這些年輕傳教士完全招架不住，因爲他們所熟悉的話題內容是相當限定的。

雖然如此，傳教士的準備工作，還是提供了學習語言的扎實基礎，有良好的發音，禮貌的說話方式，豐富的會話能力，通常只要稍微自學一下，就可以面對各種生活狀況，或者成爲這門外語的專家。

耳朵是最重要的學習工具

一九六八年起，美國猶他州的摩門教會就已經開始在楊百翰大學開設將近二十種外國語言的訓練課程，爲年輕的傳教士做準備。受訓的兩個月當中，每天早上、下午、晚上，各要上三個小時的課，每個班級十到十二個學員，而且每個人都還有一個全天候二十四小時在一起搭檔的學長，可以分享第一手的經驗。

摩門教傳教士的外語教學，其實也是根據美國陸軍的語言訓練課程發展出來的，重點就是不斷地聽，然後不斷地重複。

通常在兩個月的MTC課程當中，第一個禮拜學完基本的文法規則，第二個禮拜結束以後就要開始用新學到的語言進行會話，祈禱，唱歌。八個禮拜以後，這些新育成的傳教士除了能夠流利對話之外，也已經能夠傳福音了。

雖然很多人會打這樣的如意算盤，「如果摩門教的語言學習方法這麼好，那我們可不可以假裝想要當傳教士去學？」

很抱歉，除了符合資格的摩門教徒之外，MTC是不對外人開放的，而且所學的傳道內容，也不見得是你最需要、最想學習的內容，所以不如從ＭＴＣ的教學經驗中，尋找可以幫助我們學習外語的共通經驗。

這些年輕傳教士的學習方法，不像一般學校在教語文的時候，先學文法，再學字彙，然後才強調發音，讀跟說的部分，因爲都沒有強調聽力，聲調的練習，已經是進階級少數菁英才會選擇去提升的，所以語言學到很深入卻還是很容易帶著很重的美國口音。ＭＴＣ傳道訓練中心的教法，比較接近小孩子學習語言的過程，先聽習慣了這個語言的聲調以後，開始學發音，接著學習字彙，之後才是文法，所以耳朵是主要的學習工具，如此發音很好，不會有什麼外國人的腔調。

所以**外語學得不好，原因可能非常簡單，那就是：聽得太少**。

如果你要參加遊學團的話

所謂的外語魔鬼訓練營（Language Immersion Camp），就是爲了學習一個特定語言，到國外現場去短期進修，一天二十四小時浸潤在這個語言環境當中的學習方法。外語營原文所謂的「immersion」方法，就是直接用要學的外國語言來學習，比如說用日語學日語，用英語學英語，而不透過母語，如果是學校的話，無論是數學、科學、社會科學，都直接用標準的語言來教學。

這套方法最早是一九六〇年代從加拿大開始的，以英語爲母語的中產階級父母，爲了讓他們的孩子能夠學習法語，所以建立了這套法語實驗教學的課程，一開始針對四批年紀不同的學生做實驗，早期生是五、六歲的幼兒，中期生是九到十歲的學童，晚期生是十一歲到十四歲的少年，另外還有成人班，指十七歲或以上的學生。結果發現，年紀最小的早期生，學習效果最好，也不影響他們母語的能力。

美國一些小學到了一九八〇年代，爲了能夠跟上全球化的時代潮流，全國各地也開始設立這種純外語的小學，目前爲止大約有十來種不同的語言，但是百分之九十六是使用西班牙文。

短期的外語營，聽起來好像就是大家耳熟能詳的遊學團，但很多遊學團花了很高的學費，卻沒有達到預期的學習效果，因此很多人開始認爲短期出國學語文是沒有顯著效果的，浪費時間又浪費金錢，實際上，如果掌握方法的話，就算兩個星期，其實也可以有非常長足的進步，我個人建議最好的方式是：

自己一個人去：所以不會總是跟來自同鄉的同學，用自己的語言說話。

住在寄宿家庭：找一個對方跟你完全沒有共通語言的寄宿家庭，而且這個寄宿家庭裡沒有其他的外國學生，強迫自己一定要能夠說出最基本的食衣住行需求，而且整天可以聽這個家人用你想要學習的語言進行日常生活的對話，連吵架都可以很有教育性。

一對一教學：不要到多人制的課堂跟其他外國人一起上課，因爲你會因此浪費許多時間，一對一的老師必須是聰明、專業、平常說話彬彬有禮，讓當地人尊重的人，否則你就會學出粗魯的說話態度而不自覺。

全程只說當地語言：就算跟同鄉講話，也要嚴格遵守這個規則。摩門教徒訓練語言的時候，是一對一或是二對二的學長學弟制，已經從外國傳道回來的學長，跟準備要去的學弟，兩個人或四個人作爲一個單位，每天從早到晚二十四個小時都在一起，須臾不分，而且隨時用當地語言交談。

吸收當地資訊：每天都要讀當地報紙，看電視，聽廣播。

讀書本：從自己有興趣的主題，先找簡單的讀物，慢慢地讀，一遇到單字就寫在單字卡上，不要怕麻煩，也不要嫌慢。

對當地文化產生興趣：有任何當地文化表演活動，或是節慶祭典，都要去參加，不能覺得這跟語言學習沒有直接關係，所以不干自己的事。

交當地朋友：不要老是跟同鄉混在一起。

努力讓自己的發音清楚、漂亮：就算只有幾個句子也好，讓自己說話就像本地人一樣。不可以因爲別人聽得懂就含糊帶過。

隨時隨地都要隨身攜帶空白的單字卡：因爲很多新字是聽到或用到的當時學到的，如果沒有立即寫下來，就記不起來了。

勵行今日事今日畢的好習慣：沒有把當天的單字卡整理完，查好意義跟用法，絕對不去睡覺。因爲睡了一覺醒來隔了一天，效果就大打折扣，而且會因爲累積越來越多，而放棄整理單字卡。隔天早上起床，在上Facebook之前，一定要把昨天的字重新溫習一遍，如果當天無法搞清楚的，另外整理成一堆，隔天上課的第一件事情就是問老師把這些昨天的單字搞清楚。

學習當地年輕人的流行語或是正夯的話題：這樣會讓你跟當地人說話時，趣味性大增。

最後，不管其他人怎麼說，要有信心：十到十五天，也就是大約前後兩個禮拜的時

參加短期遊學團，雖然只有兩個星期，只要有以下目標，就不會浪費錢和浪費時間。

1. 自己一個人去。
2. 住在寄宿家庭。
3. 一對一教學。
4. 全程只說當地語言。
5. 吸收當地資訊。
6. 讀當地報紙。看當地電視。
7. 對當地文化產生興趣。
8. 交當地朋友。
9. 努力讓自己發音漂亮，清楚。
10. 隨時補充單字卡。
11. 今日事今日畢。
12. 學當地年輕人流行語。
13. 要有信心。

間，讓自己能用一個外國語言毫無問題的說出簡單日常會話，是一個絕對合理的目標。

傳教士學習外語的祕密

摩門教徒有一本人手一冊的書叫做《傳福》（Preach My Gospel），其中第七章的標題叫做「我要如何把傳道語言學得更好」，裡面有些原則，我覺得抽離宗教來看，也是很關鍵的學習重點：

一、「努力而專注」是學習的重點，也是學習新語言最重要的原則。

該背的時候就花工夫背，不要怕麻煩，也不要幻想有捷徑。不只要學新的東西，也要注意別因為學習新的內容而忘了舊的內容，所以學習新內容的同時，還要時時回頭複習舊的內容。

二、要像傳教士那樣，有充足的動機學習。

第七章一開始就開宗明義地說：

「問你自己，我為什麼要學這個語言？」

每個人應該都要有一個很重要的原因，決定學習一門外語，重要的是別忘了初衷。

很多摩門教徒，在中學時代上一般的美國學校課程，學西班牙文三年也是零零落落，連「我的名字叫做×××」都講得結結巴巴，但是一旦進了MTC中心，知道自己兩個月後即將就要到另外一個國家，需要用這個外國語言到秘魯的山區去工作、生活整整兩年，這樣的動機，因此讓同一個西班牙文原本怎麼學都學不好的年輕人，在兩個月之內能夠使用流利的西班牙語說笑話。動機不強，外語學習起來就會很緩慢。

三、相信自己有天賦。

相信自己受到上天的祝福，讓你把這個語言學好。我所指的當然不是像當年義和團那樣，相信自己刀槍不入，而是相信自己有語言天分，自然就可以開始學得更好，不斷暗示自己沒有語言天分的人，當然不可能把語言學好。

四、找溝通的機會。

學習語言就是爲了要跟人溝通，所以一有機會就應該找機會跟人溝通。雖然可以透過看電視，電影，聽廣播，閱讀，讓自己語言進步，但是沒有什麼能取代跟母語的對象面對面的溝通，聽他們是如何表達的，從中會獲益良多，尤其可以聽到很棒的俚語用法。但是切忌得意得太早，別因別人開始能夠理解你說的話，因而開始鬆懈停止進步。除此之外，有機會就寫便條，寫 email，寫明信片，寫信，因爲動手寫的時候，就可以把閱讀時候學到的新句型派上用場，多寫幾次就能記得如何正確使用。

五、要有責任感。

制定語言學習的目標，而且時常檢討，看自己是否確實做到，或者有需要修正目標、進度的地方，經常檢視自己進步的程度，可以進步更快。這樣的學習計劃應該有分每天跟每個禮拜的，這樣可以隨時知道自己有沒有落後、跟不上目標。

六、選擇適合自己的學習工具。

我個人認爲用最低科技的單字卡，對我的幫助最大。但是不同的人有不同的方法。有些人偏好用字典來學習，有人認爲文法書最重要，也有人相信透過語言學習網站或是每天傳送不同進度的 podcast 最有效，也有人偏好用閱讀文學作品的方式來學習。不管是哪一種方法，都要確定這是最適合自己的，而且要訂定確實地學習計劃。

七、多開口問。

有機會就問該怎麼說，該如何發音，請人糾正你的錯誤。別害怕犯錯，因爲只有犯錯別人才有機會糾正，讓我們學會正確的用法，被糾正沒有什麼丟臉的，因爲這是一門新的外語，只要你讓他們知道你不會誤會是他們對你個人有意見，你身邊的朋友都會很樂意扮演這個角色的。摩門教的一對一或是二對二學長學弟制，就是這個目的。

八、語言不能離開文化。

或許有些人覺得學語言就是純粹的語言，而不在乎這個語言背後的文化跟生活，這樣學語言是不會學好的，因爲你沒有進入當地人的思考邏輯裡，就不知道對方的反應會跟你有什麼不同，對方也不知道你爲什麼會這樣想，所以就算你的語言學得很好，當地人可以聽懂你說的每一個字，可是卻無法理解你的意思。比如德國人無法理解爲什麼亞洲人會覺得自己遲到五分鐘，只要有好理由就沒什麼關係（遲到就是遲到，立刻爲這個後果道歉才是對的，跟塞車有什麼關係？難道因爲塞車遲到就不算遲到嗎？），另外一個例子，我一開始也無法理解泰國人打破了我的杯子，爲什麼卻是由對方來跟我說「沒關係」（禍是你闖的，有沒有關係不是應該由我來決定才對嗎？）。前傳教士艾弗列特到亞馬遜流域跟皮拉哈人學習他們的語言，目的是爲了要用他們的語言翻譯新約聖經，但是效果不彰。一開始他以爲是自己對皮拉哈語言理解不夠，聖經翻譯得不夠好，所以才無法瞭解他口中的上帝，但是與皮拉哈人接觸越久，他才發現自己之前的理解全然錯了：

「我們知道你來這裡是爲了告訴我們耶穌，是要讓我們活得像美國人一樣。可是我們不想活得像美國人一樣。」

艾弗列特接受皮拉哈人的文化，最後甚至離開了傳教士的行列，就是一個很好的例子。

有沒有信心？給自己兩個月來學習一種新語言！

相信自己。**給自己兩個月的時間，學習一個新的語言。**

學習語言的這兩個月當中，給自己**兩個禮拜的時間，自己一個人到說這個語言的地方去旅行。**

這兩件事能夠做到的話，我們每個人都能當語言的傳教士，不是用語言來傳播福音，而是把體會如何受到語言的祝福，把世界變得更廣闊。

當然，學習語言的過程當中，不可能毫無困難，我在學習了將近一打不同的語言之後，開始歸納出兩個語言學習瓶頸的階段，如果能克服這兩個瓶頸，多半就海闊天空了。

第一個瓶頸是剛開始學習的時候，覺得要學的東西太多、太複雜，這是最容易放棄的時候，因為還沒有注入太多心力，所以就算這時候放棄也沒什麼損失。避免的方法，是增加自己的籌碼——試著列舉如果不會這種語言的話，這輩子會有多大的遺憾跟損失。如果覺得不學的損失很大，那麼一開始的階段就越不容易放棄。

第二個瓶頸則是學到一個階段，發現別人已經可以開始聽懂你的意思，這時候很容易覺得已經「夠了」，就鬆懈停止學習，不再進步。但是自己的意思可以讓別人瞭解，不見得可以讓別人尊重，因爲我們對於這個語言，還沒有好到可以聽得出來在別人的耳朵裡，我們聽起來是什麼樣的人，說不定我們被認爲是很粗魯沒教養的人，自己卻不知道。

如果這兩個瓶頸都可以跨越的話，任何一個語言應該都可以在腦子裡永久留下一定的基礎，就算十幾二十年沒有特別進修，只要保持時常看當地的報紙、網站，平常上網的時候打開線上收聽廣播節目，在街上遇到觀光客的時候主動去聊上幾句，就像騎腳踏車一樣，一旦具備會騎腳踏車的能力，無論多久沒有騎，還是很快就可以喚回記憶，語言也是這樣，就算沒有很多正式使用的機會，還是可以保有相當實用的水準。

給自己兩個月，學一個新的語言，很有可能是我們**這輩子對自己人生最値得的一項投資**。

第 6 堂

說外語本來就是一件不自然的事！

我學阿拉伯語

學習理由 前往埃及唸書的需要。

學習祕訣 學習三要素～口音，單字，文法。

沒有終生不忘的語言

我必須很掃興的宣布：不管廣告怎麼說，我都不相信除了母語之外，語言沒有什麼自然學習法，因爲學習外語本身，就是一件不自然的事。

在黎巴嫩長大，如今生活在巴西的齊亞德．法扎赫曾經以會講五十八種語言，登上健力士世界紀錄成爲世界上會說最多語言的保持者。但是，在智利電視台的一個現場節目上，有母語者對他「突襲」，紛紛用芬蘭語、中文、波斯語和俄語提出問題，其中包括俄語的「今天星期幾？」這樣簡單的問題，結果齊亞德完全答不出來，這個不光彩的一幕，在 YouTube 上廣爲流傳，相信有很多人認爲他也許是騙子，其實根本不會說那麼多語言。

但是，我卻寧可相信齊亞德只是那天很不走運，沒有準備好要用不同的外語機智問答。如果他事先知道需要使用哪些語言的話，或許稍微準備一下，他就可以跟台下的觀眾交流。

很多人以爲，一旦把語言「學好了」，就應該像吃飯睡覺一樣自然，有如翻譯機的開關隨意切換。但實際上是，任何**一種外語，無論學習到如何精通的程度，每一次開口，都仍然必須是一種不自然的、刻意的努力結果**——無論外表看起來是多麼的輕鬆自在。

作爲一個學過十來種語言的人來說，我可以理解，世界上沒有學好一次就終生不忘的語言。如果沒有事先準備，各式各樣的外語並不會像母語那樣，像反射動作那樣，對答如流。

我記得自己學習阿拉伯語的經過。在前往埃及唸書的幾個月前，就透過介紹，找了一個約旦籍的男人當我的阿語老師，我知道阿拉伯語反映當地文化，是個男尊女卑的語言，所以男性最好跟男人學習才行。那幾個月期間，我們每天下午都約在麥當勞見面，我的課本和筆記本上密密麻麻記滿了各式各樣的筆記，爲了讓自己提早進入狀況，我連在游泳計算趟數的時候，都默默用阿拉伯語。

我計數的方式，並不是從一、二、三、四這樣開始的，不然五十公尺一趟的奧林匹克游泳池，我大概永遠都只會數到十，頂多二十。所以我決定每天隨便選一個很大的數字，然後用阿拉伯語開始往下倒數：

「五百、一千。」

「九、九十、四百、一千。」

「八、九十、四百、一千。」

分別代表的是一五〇〇、一四九九、一四九八……因爲在阿拉伯語中，數字要反過來念，所以無論幾位數，都要從個位數開始說，然後十位數，接著才是百位數，千位數，依此類推。要在短時間，一面游泳一面數清楚，還眞不是件簡單的事，所以如果我游一五〇〇公尺，那麼我結束的那趟應該用阿拉伯語數到一四七〇。不，應該是「七十、四百、一千」才對。

當我記帳或數數的時候，也開始用阿拉伯語的數字（跟我們熟悉的阿拉伯數字是完全不同的）來書寫，直到可以變成反射動作爲止……，就這樣，前往埃及的時候終於到來，我走下飛機，充滿信心地邁出開羅機場的海關，正打算用準備已久的阿語跟計程車司機討價還價的時候，卻突然整個人僵住了。

計程車司機所講的話，我竟然一句都聽不懂！

「這怎麼可能呢？」我拚命敲自己的腦袋，希望這只是一場噩夢，醒來就沒事了。

我的阿語老師常常跟我借錢，我也都借給他了，而且有借無還，這樣仁至義盡的學生到哪裡找？他總不至於無聊到故意整我，浪費彼此幾個月的時間教我全錯的？

一直到那天，我才知道原來約旦和埃及，雖然都說阿拉伯語，但是其實是兩種不同的方言，就像湖南話和四川話一樣，都跟正統的阿拉伯語有一段差距，對於在此之前，從來沒有聽過其他人說阿拉伯語，除了這位約旦老師的口音，確實很難理解。

這也是後來我學習泰語的時候特別小心，特別選了一家語言學校，老師和學生一對一教學這點不稀奇，但稀奇的是規定每一個小時學生都要「轉檯」，換到下一張書桌前，由另一個老師接著上一堂課的進度繼續教，目的就是讓學生能夠從一開始，就習慣聽各式各樣的南腔北調，才不至於犯下學習阿拉伯語的情況，除了老師一個人所說的話以外，別人說的都聽不懂同樣的錯誤。

打破語言天才的神話

麥克・埃拉爾的《告別通天塔》是本記錄訪談會說十多種語言的語言天才的作品，

他說**再怎麼厲害的語言天才，也必須要溫習或「準備」自己掌握能力比較弱的語言，練習幾小時或幾天才能自如地使用**。要一個人隨時在六七種以上的語言之間迅速轉換，幾乎是不可能的，對最有天賦的人也是一樣。

世人公認的語言天才紅衣主教梅佐凡蒂，他所謂「懂」一種語言多半指的是閱讀和翻譯，而不見得是與母語者流暢地交談。在與別人用口語互動時，大多時候是由他主導話題，而且可能依賴使用過多次的固定交談模式，所以可以預期接下來的談話內容，而不見得是天馬行空，上至天文、下至地理無所不能的暢談。

很多專業的語言學家堅持二〇一一年剛過世的ＭＩＴ麻省理工學院的語言學家肯．黑爾懂五十種語言，包括以難學著稱的芬蘭語（據說他是在前往赫爾辛基的航班途中學的），但是他本人卻堅持自己只會三種語言（英語、西班牙語和澳洲北領地區原住民的沃匹利語），其他一些語言只會「隨便說說」。

就像一個男人如果跟阿拉伯女人學阿語，聽起來就讓對方渾身不自在，自己卻不知道問題出在哪裡。二十世紀初的德國外交官埃米爾．克雷布斯據說也懂幾十種語言，但他講任何一種語言的時候都很粗魯，還寧可他不要開口，但這點他本人恐怕並不自覺。

因爲語言不只是發音、文法規則、字彙的組合而已，還代表了這個語言背後的文化習慣，使用這個語言說話的人的獨特性格，還有這次交談背後的眞正目的，沒有什麼自然可言。如果眞的這麼自然的話，我們只要從小說中文學習，每個人就都是中文的說話高手了？爲何坊間還會有那麼多的說話訓練課程？

當我在做即席翻譯的時候，也發現自己在上工之前要開始做許多功課，比如說爲媒體作收視率調查的日文翻譯，跟金融公司談成立海外合資公司的英文翻譯，需要的專有名詞完全不同，當然是先要瞭解很多這個行業的基礎「行話」，但是在能夠開始進入這些專有名詞之前，我還得先讓自己熟悉語言本身，比如說如果需要使用的是日文，但是最近使用的頻率比較少，我必須**先強迫自己連續幾天密集看NHK電視新聞節目、閱讀最新一期的五、六種新聞雜誌，目的就是要讓自己像韓國泡菜一樣，充分浸漬在語言的醬汁之中，以求能接近原汁原味**，如果浸泡的時間不夠，或是混雜了印度咖哩或墨西哥黑豆，就會變成說不出的怪味道。

因爲，**學習外語，本來就是一件不自然的事**。

母語決定學習外語的掌握能力

在中國五十六個民族中，瑤族的語言是非常獨特的。瑤語的發音音域最寬廣，共有三十個聲母，比普通話的十八個還多了十二個；瑤語的韻母更多達一百個以上，比普通話的三十五個，整整多了三倍以上；瑤語的聲調達八個，也比四聲（輕聲不算）的普通話多了一倍。如此廣闊的發音，在世界各民族中都是少有的。由於語言音域廣闊，瑤族人學習語言的能力比較強，一般瑤族人都能說好幾種外語。因此，語言專家說瑤族人多是語言天才。

羅馬語系裡面，英語算是規則最簡單的語言，所以學習起來相對比較省心，這是為什麼全世界各種人都學英語當共同語言，所以照理來說，英語為母語的人，應該學起其他語言很吃力才對，但是事實上並不盡然，其中有一個原因是，英語本身規則雖然簡單，但卻是單字最多的語言，一共有一〇一三九一三個字彙（而且每年都還在增加中），其中有百分之八十都是外來語，所以無論在學習哪一門外語的時候，都可能因此省去背誦很多單字的麻煩。

所以整體來說，母語常常取決了我們學習外語的掌握能力。

有時候，我們翻譯成自己母語的名詞，接觸一個外來語詞，就會影響我們對於這個名詞的理解。比如「樂活」，明明就是德國發起的 LOHAS 運動的縮寫音譯過來的，原本指的是「健康永續的生活」，可是中文字面的直觀讓大部分中文人口都太容易望文生義，認爲「樂活」就是「快樂生活」，所以要強調正確的定義，反而變得非常困難。

另一個例子，是佛教所謂的「觀世音菩薩」，實際上是從梵文翻譯的時候讀錯了一個字母，Avalokitesvara 本來是「觀自在」，可是一個字母讀錯了變成「Avalokitasvara（觀世音）」，從唐朝錯了一個字母，就造成了在宗教上千年的錯誤流傳，名字譯錯以後，觀世音在印度毫無疑問是個非常年輕英俊的男子，有小鬍子，傳進中國新疆的時候，因爲當時文化比較崇尚豐滿的體型，相貌變成一個有鬍子的阿伯，再往東傳，突然有一天鬍子不見了，成了看不出男女的人物，再傳一傳，就披上頭巾，成了觀音娘娘開始送子了，如今要把觀世音菩薩的誤譯還原，可能大部分的中文人口，無論是不是佛教信徒，心理恐怕都會難以接受，這就是我所謂「母語常常取決了我們學習外語的掌握能力」的意思。

靠字典背單字，太自虐！

除了口音影響外語的理解力之外，單字是語言學習的重點。字彙豐富的人，表達的管道比較豐富，也因此容易得到別人的尊重，許多日本的學者批評當今的日本年輕人，無論是形容東西的美味、人的成就，還是自然的美景，好像除了「好讚！」「好厲害！」這兩個詞之外，似乎對於褒獎沒有別的表達詞彙，因此擔憂這一代年輕人表達能力貧乏，就是其中一個例子。

表達能力之所以貧乏，跟知道的單字不夠多，有著直接的關係。

雖然很多老一代的人，批評年輕人字彙越來越少，很多台灣的教育者也說年輕人在簡訊或網路上使用的「火星文」，讓年輕人中文程度下降，但是著作等身的語言學家David Crystal卻覺得這個問題被誇大了，他說以英語爲母語的年輕人，平均都知道五萬個單字，並沒有比一百年前少，可是就像每個時代的人都會說「現在的年輕人，越來越不能吃苦……」一樣，每一代的人都這麼說下一代，事實上都是完全沒有根據的。

語言學家統計，「火星文」其實佔不到一般網路文字或簡訊打字的百分之十，不但不會影響語言程度，反而因爲大量使用簡訊、網路，增加讀跟寫的頻率，所以對於識字率的推廣，其實是有正面幫助的。

知道歸知道，就算我們的確認識五萬個字，但眞正懂得用的又有多少？只要遇到自己喜歡的事就一律按讚，只要碰到不喜歡的就罵WTF，這是一種網路養成我們懶惰的壞習慣，因爲我們越來越少尋找精確的形容詞來描述我們確實的感受。

這些都還是不脫離母語環境所遭遇的情形，一旦面對外語的時候，要怎麼學習新的字彙？

上海復旦大學歷史系錢文忠教授，一九六六年生，在現代語言學者中算是相當年輕的，留學德國漢堡大學，主修印度學，副修伊朗學、藏學，也是中國僅有的幾位專業研究梵文、巴利文學者之一，從事印度古代佛教語言和西域古代語言研究，他是目前中國懂梵文的最年輕學者。在他之上懂梵文的學者，最年輕的也有七十多歲了。以西域的和闐語，吐火羅語來說，全世界懂和闐文的大概就只有兩三個人，懂吐火羅語的大概也就三四個人，難怪連他的老師語言學家季羨林老先生，都稱他爲「五十年教學生涯遇到過的最具語言天才的人」。可是當記者訪問錢教授記憶單字的祕訣時，他的答案卻讓很多人失望：

「就是死背。」

很不幸的，這個古老的問題，也只有一個古老的答案：那就是記憶。但是背單字並不意味著拿起字典，從第一頁開始背，直到滾瓜爛熟，然後才開始背第二頁，每次我聽到有人說自己靠著背字典學語言，都會倒抽一口氣，覺得不寒而慄，這樣的人實在是太自虐了啊！

我在學習一個新的語言的時候，通常會分成「基本字彙」跟「進階級字彙」兩類，「基本字彙」我會找一個覺得還滿實用的字彙清單，像是旅遊指南後面的單字表之類的，然後從這個清單中自行按照我的需求來增刪，這些被我加進來的，就是「進階級字彙」，我會把這些字，每個字一張，抄在名片大小的單字卡上隨身帶著，有空就拿出來背。

當我發現有些字特別難以在腦子裡留下刻痕時，比如當我學到西班牙文的「懷孕」這個字 embarazada，怎麼樣都記不起來，我就想辦法找可以聯想的方式，因爲孕婦走在路上常常會被陌生人注目，實在超尷尬的，尷尬的英文是 embarrassed，這樣一聯想，就算想忘也忘不掉了。未來有一天，我會只要一看到 embarazada 就知道是懷孕，但是可能

運用聯想法來背單字，
想忘也忘不掉！

基本字彙清單
例如：旅遊指南的單字

＋

進階字彙清單：
抄寫在單字卡上

早已經忘記我當時的連結是什麼，當初是怎麼背起來的，那也無所謂了！

文法就是人類與動物的區別

很多人覺得背單字雖然困難，但只要能記起來就行了，可是學習文法是學外語最困難的一部分，這樣的想法並非毫無根據。

動物雖然沒有語言，卻也有類似的溝通方式。比如黑長尾猴（Chlorocebus pygerythrus）有三種不同的叫聲，分別警告同伴附近有豹、蟒蛇或老鷹；斑馬耳朵豎起來表示高興，朝後倒表示生氣，狗和貓也都有類似的肢體語言；蜜蜂的腦容量只有一立方毫米，卻能用舞蹈告知同伴何處有鮮花，距離多遠。

有些著名的動物，也都經過訓練，學習人類的溝通方式，像是有一隻著名的非洲灰鸚鵡（Psittacus erithacus）亞歷克斯（Alex），就會說一百五十個單詞，能叫出五十種東西的名字；黑猩猩寧姆（Nim Chimpsky）學會美國手語跟科學家溝通；倭黑猩猩（Pan paniscus）康吉（Kanzi）會用畫有符號的塑膠卡片（好像兒童教材的那種單詞卡片）跟科學家交流，讓我們更加瞭解語言學習的普遍規則。

有一點是動物無法跟人類學習的，那就是「文法」。黑猩猩寧姆，雖然也能學會單詞，但無法組織成眞正的語句，表達的內容也很有限，牠能說的最長句子是這樣的：

Give orange me give eat orange me eat orange give me eat orange give me you

（給，橘子，我，給，吃，橘子，我，吃，橘子，給，我，吃，橘子，給，我，你。）

這跟只會英語單詞拼湊出來的所謂「洋涇濱英語」一樣，都是非常不成熟的語言，句子簡單，缺少文法規則，表達能力不強。但不要小看，如果人類的下一代一出生就把洋涇濱當作母語學會之後，孩子這一代就會發展出複雜的文法規範，成爲成熟的、表意清楚的語言，加勒比海東部的克里奧爾語（Creole）就是這樣來的，綜合了殖民國家的法語、英語，還有上一代從西非奴隸和苦力帶來的語言，以及原本就住在島上的原住民說的加勒比語，如今的海地國語就是這樣來的。

動物也學得會人類的單字，但是學不會人類的語法，所以下次覺得文法很討厭的時候，不妨轉一個念頭，這就是我們跟黑猩猩及灰鸚鵡不同的地方啊！

科學家在人類的七號染色體上找到一個叫做 Foxp2 的基因，這個可以導致語言能力喪失的基因突變在很多動物身上都存在，人的 Foxp2 基因跟黑猩猩只有極小的不同，但是這個細微的差別決定了文法的能力。事實上，我更相信話語能力是由大腦各組成部分共同作用產生，並非單一基因作用的結果，語言學習能力可以用大腦各分區及相應理論進行解釋。學習文法，其實就是破解語言的密碼，破解密碼的快樂，就像探險，又像讀好看的偵探小說的感覺乘上十倍，這種難以言傳的奇妙感受，就是文法。

不自然，但是很值得

二十世紀上半葉活躍的美國詩人、小說家，也是記者的 Chris Morley（克里斯．莫爾里）曾經在他的書中說過一句很有趣的話：「人生是一種外語：所有人都發音不準。（Life is a foreign language: all men mispronounce it.）」

用這個角度來看口音這件事，「發音正確」雖然對於語言學習者來說，都覺得是語言學習之中非常有價值的珍品，有如珍貴的魚子醬，但如果就像克里斯．莫爾里說的，大家都南腔北調發音不準，那麼難道所有人的人生就都因爲口音，而失去了價值嗎？

我開始學習阿拉伯文，從學錯了方言口音開始，但是也因爲這樣，從此以後，我對於阿拉伯文的口音變得特別敏感，只要聽到阿拉伯語的方言，立刻就可以區分對方究竟是摩洛哥人、埃及人，還是約旦人。要不是因爲一開始，我就學了有約旦口音的阿拉伯語，後來又到了有埃及口音的地方求學，我可能永遠沒有機會可以讓我的阿拉伯語聽力，成爲在「聽、讀、說、寫」四項當中，最強的一環。

就這樣，**口音**、**單字**、**文法**，成爲後來我每學習一個新的外國語言時，非常重要的三個主要元素，只要這三項都能並重有所進步，我就相信自己一定可以把這個外國語言學好，有朝一日甚至會達到流利的地步。

學習外語如果是一件這麼不自然、又容易犯錯的事情，爲什麼每個時代還有那麼多人前仆後繼，走上這條艱辛的漫長道路？**「需要」和「好奇心」，絕對可以說是在人類歷史上保持學習外語這把火炬熊熊燃燒，從來不曾熄滅的主要燃料**。

生活在和平盛世的我們，大概都足夠幸運不需要面對「非學不可、不學會死」的急迫需要，像是戰亂之中許多需要跨過國界逃生的政治難民，如果不能在敵人面前隱藏自己，完美地模仿對方的語言跟口音，就會被一槍打死，但是我們的「需要」，其實可以簡單的解釋成**「無論如何，一定得學好」的意志力**，這背後的動力應該是相同的，非把外語學好不可的決心，如果可以像年輕女性告誡自己「非瘦下來不可」的節食決心一樣強烈的話，很難想像學語言會失敗。

「需要」無論如何都是有限的，但是「好奇心」卻可以無限擴張，想要聽懂一首阿拉伯情歌的MV的慾望，想要不看字幕看懂一部黎巴嫩電影的慾望，想要交幾個來自科威特的好朋友的慾望，想要知道同班同學的沙烏地阿拉伯女孩，對於自己必須得到男性的許可才能出國，必須出國才能跟其他國家的女性一樣在路上開車、露出臉蛋，又是什麼樣的感受，好奇心一旦點燃，讓我們不斷往前，因爲每增加一點好奇心，就鼓勵我多學一些語言，因此多知道了一些事情，於是又有了更多的好奇，就這樣像滾雪球般越滾越大，終於有一天，我或許能夠用對方的語言，流暢的表達，當然到了那一天，我也會更加好奇，有更多更多的問題。

因爲我相信，**每個人雖然只有一生，但一個人會多少種語言，就能有多少種生活。在每多學會一種語言的時候，我的世界，就無形中又擴充了一倍。**

第 7 堂

像聽音樂或料理一樣，培養一輩子的嗜好。

我學英語

學習理由 懂英文全世界暢通無阻。

學習祕訣 把語言當做探索世界的工具。

十歲就會十種語言

我認識許多孩子的家長，都很憂心是否能夠爲自己的孩子準備足夠的多語環境，讓他們未來能夠在全球化的競爭中脫穎而出。

奇怪的是，這些家長對於孩子學外語，似乎比自己學外語更加熱心。

很多大人都覺得自己沒時間學外語，或聲稱自己年紀大了沒辦法背單字，卻毫無例外地認爲自己的孩子應該要好好學外國語言，而且要學得非常優秀才行。

這到底是什麼心態？大多亞洲家長都努力讓孩子很小就學習外語，但有多少家長知道這麼做背後的原因是什麼？最大的好處又是什麼？學習外語對於一個年幼的孩子來說，是不是眞的有長期的好處？

我這麼說，可能會讓很多家長失望，但是實情是：無論哪一門外語，只要是在學校學的，無論學多少年，你的孩子恐怕都不會因此說得很流利。但是好消息是，我也時常遇到很多自學而學得很好的例子，甚至在旅行一段時間以後出乎意料的無師自通。

在學校學語言之所以學不好，其實有個重要的原因，那就是學校教育普遍對於讀跟寫太過重視，對於說卻不大在乎，所以如果是英語課，有些成效特別好的學校，都是因為舉辦很多戲劇，辯論，說故事，討論，就算孩子的讀跟寫不怎麼樣，這些孩子還是因此從小具備非常豐富的字彙。

許多華人的家長應該聽了Sonia楊小妹妹的故事，都會心生羨慕吧！

據英國BBC報導，二〇一一年一名當時年僅十歲，在台灣出生，後來準備要上小學的時候隨父母搬到英國，住在英格蘭西北部Cheshire郡Stockport鎮（距離曼徹斯特只有六英里）的華裔女孩楊小妹妹，才十歲就能說十種語言，被譽為最年輕的語言天才。

據說楊小妹妹剛搬到英國時，除了母語閩南話之外，還會說中文，跟相當流利的英語和日語了。她代表學校參加了英格蘭西北地區「小小語言家（EuroTalk Junior Language Challenge）」比賽，當時一共有五千多名學生參加，比賽除了考驗參賽者本身的外語程度之外，還測驗他們從頭學習一門全新外語的能力，在之前的資格賽期間，她就已經學會了哈薩克語和葡萄牙語，在進入剩下最後三十個挑戰者的決賽時，短短幾週之內學習烏干達的盧甘達語（Lugandan），結果奪得了冠軍。除這些語言之外，她還會說程度不同的德語、法語和西班牙語。

「盧甘達語對我來說比較好學，因爲有些字發音和台語很接近。」楊小妹妹在接受BBC訪問的時候說，「……我覺得語言學的越多，就越容易學新的語言。但英語還是我的最愛，因爲這是每個人都能聽懂我說的話。」

雖然我不認識楊小妹妹一家，但從訪問中知道他們家住在Cheadle Hulme區，她念的小學是一所叫做Greenbank的私立貴族學校，因爲我正好對於曼徹斯特都會區熟悉，所以推測楊小妹妹的家境一定很不錯，因爲這一區住的不是醫生、教授，就是律師等高收入家庭，可以猜想楊小妹妹的台灣父母，也是非常注重教育的虎媽、虎爸，因爲校長在訪問中說，楊小妹妹的父母是爲了給孩子最好的教育，特地搬到英國的。

有趣的一點是，很多家長認爲孩子學語言是老師的事情，出學費就好，其他都跟自己沒關係，但在孩子小時候，大人有沒有能陪孩子一起閱讀（不管是母語還是外語），卻是決定孩子未來語言能力的重要關鍵。社會學家的研究指出，家境困難的家庭，因爲家長疏於帶領孩子閱讀，所以到孩子三歲的時候，窮人家孩子的語彙，平均只有富有人家子弟的一半。這是爲什麼，家裡應該到處都有書，而且家長如果希望孩子能學什麼語言，必須可以時常用這個語言讀故事給孩子聽。

簡單來說，就是「以身作則」。這並非什麼特殊的教育方法，只是常識罷了。如果家長不能夠陪孩子一起讀語言，那麼十之八九注定會是失敗的語言教育。

就像學烹飪一樣，你可以學會一種又一種

至於沒能在「小小語言家」競賽中勝出的孩子們，我一點都不覺得他們因此就輸了，因爲這代表了有五千多個小學生，在短短幾個月中間，學習了幾種連作夢都沒想到會學的外國語言，把它當成是一個好玩的比賽，從此以後，對於外國語言的學習，應該能因此抱持著比較輕鬆自在的態度，這樣的收穫，對於一個孩子來說，無疑是珍貴的。英國教育部其實從二〇一〇年起，就已經規定小學都必須教至少一門外語，而且必修年齡從原本的十一歲下修到低年級生，就是爲了讓英國的孩子趁早接觸外語。

有些人形容學習語言就像學烹飪，當你學會一種菜式以後，要再學另外一種地方菜，就容易得多，我覺得這個比喻很巧妙，也很容易理解。

語言學家有一個有趣的發現，那就是即使只有四個月大的寶寶，如果生活在一個雙

語環境下，就能夠透過嘴唇的動作跟臉部的表情，區分兩種不同的語言。而且很明顯的，這些寶寶在聽到母親懷孕的時候說的同一種語言時，會有明顯的正面反應，所以胎教對語言的重要性，也不容小覷。

如果我們要孩子學習一門外語，比如說日語好了，家長可能會用過去自己學語言的經驗法則，認爲學語言就一定要去學校或是語言補習班學，日復一日的當作一門功課學習，出了教室之後完全沒有使用的場合，也是正常的事。可惜的是，這樣學語言，就失去了語言作爲人與人溝通工具的主要特性，因此怎麼學都離原地踏步不遠。可是如果一個孩子知道，他現在之所以學習日語，是因爲下學期家裡會來一個日本交換學生，要住在我家裡，明年則會輪到他去對方的家裡寄宿，那麼學習語言的目的就非常清楚了，也有著一定的目標跟期限，而不是遙遙無期看不到盡頭的學習之路。

這其實跟摩門教會在派年輕傳教士到國外去傳道的兩個月前，送他們密集訓練語言，效果特別好有關，很多教徒認爲，他們之前在學校學了好幾年的西班牙文，結果什麼都沒學到，沒想到進了MTC密集訓練課程，竟然一個禮拜學的比過去六年加起來的還要多，一定是因爲要去外國傳道，所以受到「神的祝福」，這種「開天眼」的玄妙說法，其實很容易用心理學解釋，那就是有沒有急迫性的區別，知道有沒有要用，什麼時候要用，要用來做什麼，針對很強的目的性在有限的時間裡學習，本質上就跟英國舉辦的「小小語言家」比賽，有異曲同工之妙。

語言越早學越好？

很多家長以爲要讓孩子從小學外語，是因爲小孩子學習語言比較快，但根據美國的語言專家 **Virginia Rojas** 博士的研究，根本沒有這回事。

年紀小的時候，學習外語發音的確會比較好，沒有明顯的腔調，主要是因爲孩子沒有太多既有的習慣，反正學什麼都是從頭開始，所以不會受到原有的習慣影響，甚至沒有意識到他們正在學的是一門「外語」，可是當孩子漸漸長大，知道自己在學「外語」，就會彆扭起來。

舉一個現實的例子來說，有很多所謂的 ABC，在美國出生長大的華裔年輕人，其實從小在家裡，也說英語也說上一代的母語，但是很多這些華人的孩子上小學之後，突然意識到原來自己的父母在家裡講的是「外語」，因此開始拒絕跟父母用中文或方言溝通，所以才會有明明聽得懂父母講的中文，回答時卻一律用英文，因爲英文是這個孩子在外面的世界，跟其他「所有人」溝通的語言。如果這個階段，華人父母沒有辦法讓子女在心理上克服這個「外語情結」，讓子女知道會說好幾種語言的價值，而且學習語言可以是很有趣、很簡單的事，可能就會阻礙進一步的中文學習。

如果這些子女發現自己的華人父母，明明在美國住了好幾十年，但卻還時常無法用流暢的英語處理簡單的狀況，或是仍然有很重的口音，孩子就會認爲學外語是一件很困難的事情，而且擔心自己如果中文學好了，就會變成像父母那樣英文不好，所以當家長在鼓勵、要求子女學習外語之前，別忘了年幼的孩子，是會全盤接受父母的價値觀的，所以如果孩子看父母的外語學得很吃力，可能就會種下「學外語很難」根深柢固的印象。

如果從單就學習能力和效率的角度來說，其實是年紀比較成熟的語言學習者比較有利，因爲他們對於母語的掌握力已經很完整，能夠更有效學習外語。所以學習語言，不只是孩子的功課，其實也是家長自己需要以身作則的功課，家長用「爸爸媽媽年紀大了，頭腦不行了，單字都記不起來，所以你們一定要從小就好好背單字才行」這種爛藉口偷懶，是完全無法說服任何人的，對孩子的語言學習心態更有傷害性。

換外語就像換衣服一樣自然

對於家長如何在平常生活當中鼓勵孩子學習外語，其實有幾個我聽過周遭朋友用過的小撇步，效果顯然很不錯：

一、一般的家長都會限制孩子每天看電視的時間，如果可以把想要孩子學習的外語的有線電視頻道（比如英語或日語），預先設定在遙控器的快速鍵上，告訴孩子說，看這幾個外語頻道的時候，不在每天看電視限制的時數中，這樣自然會鼓勵孩子花時間建立外語聽力，聽熟悉以後再開始學習，對於發音等都會有很大的幫助。

另外，也可以約法三章，孩子想看的電影、小說或漫畫，如果買中文版的，他們必須用自己的零用錢，但是如果買外文版的話，父母就會出錢，用這樣的方式來鼓勵孩子接觸原文，雖然比較昂貴，卻有很好的效果，我身邊就認識一個家庭，兩個在台灣一般公立學校教育制度下的孩子，都因此在小學時候開始讀全套英文版的哈利波特，以及好幾部好萊塢商業電影（大爛片）的原著小說，從此養成非常好的英語閱讀能力。因爲大家在學校都同時流行在看的書，只有自己是用原文讀的，會大大增加孩子的自信心，就算一開始讀得比較慢，時常要翻字典，寫單字卡，但是同樣主題的書，所有會使用到的單字，基本上在全書的前十分之一篇幅，大概就都已經查完了，所以之後的百分之九十都不會再需要查字典，閱讀速度變快，從一開始的小小虛榮心，轉化成很高的成就感，同時學習了七百個新的單字，實在有多重的好處。

二、每天早上起床的鬧鐘，設定外文的收音機頻道（如果一般FM沒有的話，短波或是網路收音機都很容易就可以找到），這樣每天自然而然在聆聽外語的情境下醒來，對於習慣一個新語言是很有幫助的。

三、鼓勵孩子跟社區或學校裡的外籍生多接觸，交會說雙語的朋友，甚至跟不會說中文的外國小朋友，一起參加足球隊的練習，游泳……等不需要複雜語言的活動，讓他們彼此在生活當中得到互相學習的機會。

四、如果住家附近有外語教會，或是由外籍人士組成的NGO組織或是社團，比如我一個朋友就帶孩子從小到專門幫助台灣未婚媽媽的孩子境外收養的中途機構，另一位固定帶小朋友到由一群住在台灣的外籍人士組成的照顧流浪動物中心，大人小孩一起去擔任志工，一開始一個月去一次，然後逐漸增加次數，時間久了，也慢慢被邀請去參加其他的社交活動，像是萬聖節，耶誕節，慶生會等等，是練習語言跟交新朋友很自然的好場合。

五、如果經濟能力許可的話，帶著孩子去旅行，讓孩子在好幾個月前就知道，身爲父母的你需要完全仰賴他的語言能力，才能順利完成這趟旅行，讓孩子興起責任感，覺得自己能說外語的角色很重要。旅程中，無論發生什麼困難，也不要忍不住中途插手，免得傷害了孩子的尊嚴。

或是讓稍微大一點的孩子，自己去參加寄宿家庭，夏令營，打工度假，海外志工等計劃，但要強調的是，這些活動都必須不是同鄉組成一個團隊集體行動的，寄宿家庭也沒有別的外國學生，否則還是不會有獨當一面將語言能力極大化的機會。

六、如果家裡有兩個或以上的孩子，鼓勵他們學習不同的外語，避免小的永遠比不上大的，因爲挫折感而輕言放棄，而是每個孩子都有一個屬於「自己的」外語。

七、目前已經有一些僱用外籍管家的家庭，鼓勵菲律賓籍的管家跟孩子說英語或西班牙語——兩種在菲律賓最普遍的外國語，所以孩子可以在日常生活當中，自然的學到外語。如果是新移民的家庭，也應該鼓勵子女跟母語不是中文的一方家長，多學習父親或母親的母語，而不是覺得「學越南文有什麼用？」或是「不能在學校被人家發現媽媽是印尼人」，不但影響孩子的心理發展，也扼殺了珍貴的外語學習習慣。因爲從小就已經學習過外語的孩子，稍微長大以後再去學別的語言，會大大受惠於小時候學習外語的經驗。

我忘記是從哪裡讀到的，似乎來自被強大的鄰國包圍的小國家的人民，無論來自三大洋五大洲的任何地方，從小會說四、五種語言，都是相當普通的事，這並不是因爲小國家的人語言基因特別發達，而更可能是對於小國人民，從小就更容易浸潤在多語言的環境中。

比如說寮國的年輕人，因爲自己的國家沒有很多娛樂，電視沒什麼好看的，也沒有什麼很棒的樂團，所以流行音樂、電視、電影、雜誌，都自然而然聽看娛樂業發達的鄰國——泰國的，耳濡目染之下，幾乎寮國南部每個人都會說流利的泰語。斯里蘭卡、孟加拉、尼泊爾這些小國的人民，也因爲電影、流行音樂跟文學，幾乎都從印度的寶來塢輸入，所以每個人從小接觸到大，對於印度語言、文化，一點都不陌生，這些國家要找到完全聽不懂印度語的人，可能比尋找轉世活佛還要困難。

創造外語環境的幾個點子！

1. 設定電視上遙控器的快速鍵，
   可以快速按下外語頻道。
2. 買外文版父母親可以出錢。
3. 鬧鐘設定外語收音機頻道。
4. 鼓勵孩子多跟學校的外籍學生接觸。
5. 帶孩子參加外語組織。
6. 旅行。
7. 鼓勵學習不同外語。
8. 新移民家庭讓孩子學習父母親的語言。

除了流行文化的影響，對於戰爭頻仍的地方，會不會說鄰國的語言，有時候甚至攸關生存，所以面對不同的人立刻能轉換成不同的語言，避免被當作外國人，就像換衣服一樣自然。

學英語，不用太沉重

一八五七年出生於當時為英國佔領的馬來西亞威爾斯王子島（就是現在的檳城）的辜鴻銘，父親原籍福建，母親為葡萄牙人。十歲的時候，他隨其橡膠園主英國商人布朗前往蘇格蘭。十四歲的時候被送往德國學習科學。後回到英國，學習英文之外，又學了德文、法文、拉丁文，以及希臘文，十六歲就考入愛丁堡大學文學院攻讀西方文學專業，並得到校長、著名作家、歷史學家、哲學家卡萊爾的賞識，四年後，區區二十歲的年紀，就以優異的成績獲得該校文學碩士學位，一畢業立刻進入德國萊比錫大學，獲得土木工程文憑後，又去法國巴黎大學攻讀法學，當辜鴻銘結束十四年的海外求學生涯回故鄉檳城在殖民政府任職的時候，他才二十四歲。

隔年，據說他遇到馬建忠並與其傾談三日，思想發生重大改變，隨即辭去工作，學習中國文化。之後前往中國，被湖廣總督張之洞委任爲「洋文案」也就是所謂的外文祕書，張之洞實施新政、編練新軍，也很重視高等教育，所以辜鴻銘的才能得以受到重用。也就是這時候，辜鴻銘擬稿，透過張之洞上奏光緒皇帝「設立自強學堂片」，籌建由國人自力建設、自主管理的高等學府「自強學堂」，也就是武漢大學的前身。自強學堂正式成立後，辜鴻銘任「方言教習」教外語，非常受學生歡迎，全校師生景仰，成爲自強學堂一代名師，後來在宣統年代任職外交部職務，辛亥革命後又在北京大學主講英國文學，晚年也到日本跟台灣講學，當時接待的就是台灣遠親鹿港辜家的辜顯榮。

辜鴻銘自稱「一生四洋」，即「生在南洋，學在西洋，婚在東洋，仕在北洋」，民國前後，他曾經陸續出版《中國的牛津運動》跟《中國人的精神》，可以看出他的抱負。在其《中國人的精神》中，辜鴻銘說中國人最大的優點是「溫良」，也就是英文的「gentleness」一詞，我個人非常欣賞認同。

現在回頭看來，辜鴻銘是堅決的保皇派，即使已經到了民國時期，在北京大學講課的時候，他還是留著清朝的大辮子，帶著書僮，偏好女人裹小腳，也贊成男人娶妾，他自己結婚不到一年，就納日本大阪心齋橋人吉田貞子爲妾，造成很多新時代男女性的非議，當時最出名的比喻是認爲一夫多妻是一把茶壺配幾只茶杯。但當時詩人徐志摩結婚時，妻子陸小曼曾對徐志摩說：

「志摩！你不能拿辜先生茶壺的譬喻來作藉口，你要知道，你不是我的茶壺，乃是我的牙刷，茶壺可以公用，牙刷是不能公用的！」

雖然辜鴻銘有很多值得非議的地方，但是在北京大學任教時梳著大辮子走進課堂，學生們一片哄堂大笑，辜鴻銘卻平靜地說：

「我頭上的辮子是有形的，你們心中的辮子卻是無形的。」聞聽此言，狂傲的北大學生一片靜默。

辜鴻銘的辮子是有形的，但是在他去世後的將近一百年後，許多華人學習外語的態度，還是帶著沉重的包袱，辜鴻銘博通西歐諸種語言、言詞敏捷的聲名很快在歐美駐華人士中傳揚開來。他給祖先叩頭，外國人嘲笑說：

「這樣做你的祖先就能吃到供桌上的飯菜了嗎？」

辜鴻銘馬上反唇相稽：

「你們在先人墓地擺上鮮花，他們就能聞到花的香味了嗎？」

後來有一回，英國著名作家毛姆來中國，想見辜鴻銘，招待毛姆的主人就給辜送去一張便條紙，請他來。可是等了好幾天也不見人影。毛姆後來知道這位主人是以如此不禮貌的方式邀請辜，就自己寫了一封非常謙遜的信交送，詢問是否可去拜訪。兩小時後，辜鴻銘就回信答應，立刻就跟毛姆相會。

如果沒有世界觀，學習外語也不會幸福快樂

辜鴻銘的故事，讓我聯想到美國語言學家丹尼爾·艾弗列特（Daniel Everett）到亞馬遜叢林與皮拉哈人（Pirahas）前後生活了三十年後寫的書《別睡，這裡有蛇》，書裡說到亞馬遜河流域的皮拉哈人，他們沒有我們對於原始部族刻板印象的種種東西，沒有美麗精緻的工藝作品，也沒有傳世神話，皮拉哈語與現知所有語言都無連屬關係，不屬於任何語系，他們對孩童的態度與對成人無異，沒有「兒語」，不過從他們語言結構簡單的狀況來看，其實一般他們成人所用的語言也不更複雜，皮拉哈語可用口哨吹出，亦可用哼唱的，或者以音樂來「演奏」。他們凡事眼見爲憑，只相信親眼所見的經驗，對

於自身所處的世界完全滿足，也不想要新的科技與技術，不討論外來事物，不採用外來思想、哲學或科技，任何會改變他們認知或常規的工具，一概拒用。當我們覺得像這樣的原始部落不夠文明的時候，就像許多人嘲笑辜鴻銘的辮子的時候，或許其實我們才是喪失了獨立思考能力的那一群？

從出生那一刻起，我們就試圖簡化周遭世界，因爲世界對我們來說過於複雜、難以駕馭。除非我們早已決定哪些東西該注意、哪些東西又該忽略，不然即便是跨出一步，都有太多的聲音、景象與刺激要應付。在特定的知識領域內，我們將這種簡化的企圖稱爲「假說」或「理論」。在這樣的限制下，**我們時常將「全球化」，簡化成為「學習外語」，問題是語言如果沒有世界觀的反思，被建構過的社會文化架構框架住，不大可能像許多家長期許的，只是因為學習外語，下一代就變得更加幸福快樂**。

辜鴻銘在某種程度上就像皮拉哈人，總體上視外來的東西是借來，不是自己世界的一部分，也就不大在乎，或許在學習外語之前，不妨先想清楚，外語就是這種「借來」的東西，如果要因爲這些東西而失去自己，或是讓孩子失去自己的文化，是不是值得呢？

從小學習多種語言，也並非毫無缺點。有一派的語言專家認爲，同時能夠使用兩種或更多語言的人，他們任何一個語言的字彙數量，都會少於一個只會說母語一種語言的人。也就是說，在表達的層次上，或是語言感受的深度上，其實會說多種語言的人是一輩子處於劣勢的。如果這是我們已經理解，並且願意付出的代價，那麼，就這樣去做吧！

當我開始旅行才更加了解我的母語

一九七〇年代末期，馬利歐．汪德魯斯卡（Mario Wandruska）曾簡單扼要地說：

「一種語言是多種語言。」

他這個說法，我的理解是：就算在一種語言範圍內，也存在著多種語言。語言從來都不能視爲一個完善、同類的單一系統，而更像是一個動態的「多系統」，就好像原子核的理論模型，會不斷產生貫通、滲透、共生和混合。或者說，每個語言的使用者都擁有不同語言層次的表達能力，比如我們都能夠區分中文的俚語、俗語和標準語的說話型態，從文言文到年輕人在網路上使用的火星文，從中國大陸到香港到台灣不同語詞的轉換，具有不同的表達風格，我們也能認出專業術語，必要時也會學習，甚至創造語言。

每個人願意的話，也都能夠建立屬於自己的語型，德文中稱之爲「Idiolekt」，指的是個人使用的特殊語言，就比如當我們把三篇文章，韓寒、宅女小紅跟宅神朱學恆放在一起時，就算不看作者，也可以猜得出來哪一篇是誰寫的，絕對不會搞混。所以，就算只會說中文的人，其實也能夠辨識中文的多種系統，就好像中文本身是多種語言一樣。同樣的說法，也可以拿來討論德語、英語，或世界上的任何一種語言，所以外語並不像我們想像中那麼不可思議。

如果把自己的語言搞清楚就可以算「多語」，那何必還學外語呢？我贊成歌德在《箴言與自省》（Maximen und Reflexionen）中說的：「**不懂外語的人，就不懂自己的語言。**」就像我開始旅行之後，才開始更加瞭解我的故鄉，**我開始學習外語以後，也才因此更加瞭解自己的母語。**

探索世界的工具

就和大多數在亞洲長大的孩子，英語是我從小學習的第一個外國語。

得到二〇一一年「小小語言家」競賽，在五千多名學生中脫穎而出得到冠軍的台裔十歲小學生楊小妹妹，雖然包括閩南語跟中文在內，一共會說十種語言，但是她在接受媒體訪問時說，她最喜歡的語言還是英文，因爲她說英文的時候，所有人都可以理解她，意思也就是說，當她說盧甘達語或閩南語的時候，這個世界上能夠理解她說的話的人就很有限。

跟我一樣，生長在一個特別注重英語學習的社會中的孩子，很自然會對英文特別尊重，賦予無上的重要性，因爲英語學得好不好，攸關升學的激烈競爭，跟數學的地位恐怕不相上下，肯定比中文的地位要更高一截。對於一個住在英國的十歲小女孩的世界來說，對英文有這樣的理解，當然也是千眞萬確的，因爲英語是英國當地的第一工具語言。有趣的是，世界上大部分的人，似乎各自都因爲種種不同的原因，同意「英語超級重要」這種說法，認爲英語是一個世界通用的語言，如果我們懂英文的話，那麼就可以全世界通行無阻。

但是根據美國中央情報局ＣＩＡ的World Fact Book世界白皮書報告，全世界其實只有百分之五．六的人口從小就以英文爲母語。

「但是母語不是英語的，每個人也都學英語啊！」或許很多人會這麼說。

實際上，以英語作爲第二語言的，也只佔全世界人口的百分之七～十，意思也就是說，全世界母語跟非母語的英語人士統統加起來的話，最多也不過只有全世界百分之十四～十五的人口，所以如果過度強調英語的重要性，其實是很可笑的。

但是若能夠瞭解「世界上沒有任何一種語言獨大」的事實，知道只要具備學習外語的能力，無論走到地球的哪一個角落，隨時能夠想學就學一門新的語言，**把學習外語當作是探索世界的工具，像聽音樂或料理那樣，可以培養成一種一輩子的嗜好，這才是學習語言的真正目的。**

第 8 堂

掌握語感，13 種口味的英國全包辦！

我學約克夏語

學習理由　當個上道的外國人。

學習祕訣　文法或許是捷徑，但語感才是鑰匙。

如何讓自己變得比較「可口」

每次買蛋糕的時候，我總是忍不住看到蛋糕最上面，如果點綴著一顆閃亮誘人的草莓，就會完全失去理智覺得整個蛋糕很優，明明知道這顆草莓跟蛋糕本身好吃與否，可能一點關係都沒有，但總還是覺得上面沒有一顆完美草莓的蛋糕，無論多麼美味卻都少了靈魂的感覺。跟一些朋友聊起來，才發現不只是我這樣，其實很多人都跟我有著一樣的弱點。

在美國東北部工作、生活許多年之後，十多年前因緣際會到了英國北方的約克夏郡，當然沒有人能說我不會說英語，但是我卻覺得自己面對當地人的時候，無論是在私人聚會還是商店，都像個外星人那樣格格不入，顯然這並不是因爲我的亞洲長相的原因，因爲當地確實也有來自亞洲各地的後裔，但是只要我一開口，就被貼上了「外地人」的標籤。

簡單地說，我就是上面沒有令人垂涎的草莓的那塊蛋糕，怎麼樣都美味不起來。爲了要讓自己變得比較「可口」，從此，我在約克夏跟人說話的時候，尤其是老人家，我要特別注意挑選「對」的用字、發音。

用字的部分，舉幾個實例來說，當一般英文中說「anything!」，意味著無所謂，什麼都好時，約克夏人會說「owt」，發音是[aʊt]，如果要說「nothing!」沒事，則會說「nowt」。發音是[naʊt]。

「不」不是「no」而是「nay」。

「是」不是「yes」而是「aye」。

哭不是「cry」而是更像嚎啕大哭的「roar」。

去玩不是去「play」而是去「laik」。

比他好，不是better than him，而是better nor him。

還有一些基本文法書上明顯錯誤的用法，像是數字後面不要加複數的s，所以十磅是ten pound而不是ten pounds，五英里是five mile而不是five miles。「我們的」不是our而是us，所以我們的書不是our book，而是us book，明明該用was的，一律都用were，所以「我錯了」不是「I was wrong」而是「I were wrong」，如果不小心說對了，就是錯的，不小心說錯了，反而是對的，像這樣的例子，不計其數……

除了用字不同，發音方面的區別也很有趣，舉幾個簡單的例子來說：

標準英語	約克夏西部	約克夏東部	約克夏北部
about	abaht	aboot	aboot
down	dahn	doon	doon
house	'ahse	'oose	'oose
boot	booit	beeat	beeat
fool	fooil	feeal	feeal
door	dooar	deear	dooar
floor	flooar	fleear	flooar
speak	speyk	speeak	speak
coal	coil	cooal	cooal
home	'ooam	'eeam, 'ooam , yam	'eeam, 'ooam, yam
father	fatther	feyther, faather	feyther, faather

當然，我不特別注意的時候，約克夏人還是聽得懂我說的每個字，但是身爲一個對語言充滿好奇的人來說，我總覺得光是能被人家理解，其實還是不夠的，雖然無論我多麼努力，約克夏人還是能夠輕易知道我不是土生土長的本地人，但是沒人可以否認我的

努力。

「看啊！這傢伙沒說 tonight，他說 to'nyt 哪！」

大家都笑了，這時候，原本拘謹正式的氣氛，突然就變暖了。每次當我揮手說再見的時候，我很自然地說：

「Tara then!」而不是說 good-bye，都讓對方臉上浮起一抹溫暖的微笑。

這就好像在法國，走在寒冷冬天的街道上，一面發抖一面吃冰淇淋，知道這個外國人，能夠跟法國人一樣，懂得如何品嘗冰淇淋在冷天最美味，自然會贏得一些無可言傳的敬重，好像我們在花園夜市看到老外點臭豆腐吃一樣，就算我們自己不怎麼喜歡臭豆腐，突然也會覺得這個老外很上道。

十三種口味的英國

英國是個有趣的地方，跟美國不同，在美國不同的人種有著不同的口音，比如打客服專線電話的時候，雖然沒有看到對方的長相，但是通常可以猜得出對方是黑人、拉丁美裔、亞洲人，還是南方的白人，八九不離十，但是英國就完全不同了，英國只有不同區域的地方口音，只要同樣來自同一個區域的人，無論膚色背景種族如何，都會知道從哪個地方來的，啊！這人是利物浦來的，喔！這個人是倫敦南部人，或是愛爾蘭、蘇格蘭。

之所以會如此，跟英國細分成十三個傳統方言區（Traditional Dialect Areas）有關，這十三個方言區其實約略按照古時盎格魯薩克遜帝國，南方的 Mercia 跟北方的 Northumbria 兩個帝國國界切割成南北兩區，然後再細分，約克夏郡的北部跟東部的口音，屬於北方方言，約克夏郡的南方則屬於南方方言，所以即使約克夏郡也有三種不同的口音，對我來說聽起來都一樣難懂，尤其是去看足球賽的時候，我如果能夠聽懂鄰座聊天的內容一半就已經不錯了，但是任何一個約克夏當地人只要一聽，立刻就區分得出來對方是哪個村子來的，即使到今天也是如此。

以北方的利物浦方言來說，也就是披頭四團員的口音，之所以可以聽得出跟其他地方不同，是因為它明顯加入了愛爾蘭、非洲、南亞三大移民的口音跟字彙，久而久之變成如假包換的利物浦口音。

利物浦在十九世紀時，來自北歐、中東還有遠東的商賈來這裡做生意，但是讓利物浦口音定調的，是十九世紀中葉逃避饑荒的愛爾蘭人帶來的，除了口音，還帶來了音樂跟詩歌，跟當地原本已經在十八世紀開始就結合西非奴隸口音的英文，結合成了所謂的Scouse，二十世紀這一百年中，又加入許多中國跟印度移民的口音，形成了十三個方言區的其中一個，對於英國人來說，沒有人會將這種利物浦口音錯認為倫敦口音。

想想珍珠奶茶的口感，就是語言的語感

如果覺得英國很誇張的話，台灣其實也同樣語感豐富。設想如果我們跟認識不久來自外地的好朋友說：「我覺得我們兩個很麻吉ㄟ。」

對方卻說：「我們很什麼？麻糬？」

你只好換個說法：「就是換帖的啦。」

「換什麼？」沒想到他還是聽不懂。

這時候，你只好很掃興地說：「……哎，就是我的好朋友啦！」這樣他終於聽懂了，但是你卻覺得悵然若失，因為麻吉跟好朋友的感覺，明明完全不一樣啊！

這就是「語感」。

再想想倫敦賣到缺貨的台式珍珠奶茶。珍珠奶茶要好喝，除了奶茶要有一定的水準之外，珍珠的口感很重要。雖然不過是便宜的樹薯粉煮出來的小東西，但如果是隔天冰過的，或是煮得不夠、煮得太久，都會讓人覺得很掃興，**語感可以說就是語言的珍珠**。可能不是什麼珍貴的材料，但是用得好不好，重要得不得了。

麻吉的由來，源於英語單字 Match 的日式發音，被台語吸收以後，變成在台灣普遍使用的漢語名詞，意思是要好、有默契、相契合。兩個人很「麻吉」，就表示這兩個人很要好。不但能寫出來，甚至還變成各式各樣遊戲軟體、電視節目的名稱，以至於連大陸也耳熟能詳，雖然不知所以，有些人以為是台灣名產麻糬，象徵友誼又甜又黏，也有些人信誓旦旦說是馬跟雞在民間故事裡交上好朋友的故事諧音。

但是多了一道解釋，就少了一半味道。語感，就是這麼一回事。增加語感的，有時候是方言，有時候是流行語。方言這件事實在很有趣，世界上最大的方言是漢語吳方言，也就是所謂的吳儂軟語，使用人數接近法語，超過韓語和義大利語（吳方言包括上海話和江浙地區的大部分方言）。

漢語有各式方言，中國各個地方衛視台的綜藝節目主持人，都非常意識到語感這件事，所以在標準的普通話之中，總會穿插一些方言作爲作料，上海也決定將 Mama Mia 歌舞劇，全本翻成中文上演，其中特地設定幾個角色，不時會冒出幾個上海話的單字，對於劇情當然沒有什麼很大的影響，但是因爲多了親切感，預計上海人只要一聽到就都會掌聲如雷。

這是我的痲吉。換成英文，又該怎麼說呢？

那就要看你在哪裡了。

如果在英國或澳洲，你說 This is my mate.

要是在美國，就要說 This is my buddy.

英國人討厭被人稱爲 Buddy，相同的，美國人被別人稱爲 Mate 的時候，也會感覺很不「舒胡」。這也是語感，無論喜歡不喜歡，只能接受，一點道理也沒得講，但是知道

語感是一把萬能鑰匙，
開啟許多友誼的門！

你是我的好朋友

This is my mate.（英國或澳洲）

This is my buddy.（美國）

如何使用的話，卻可以像是握著一把萬能鑰匙，開啓許多友誼的門。

「語感」：讓土地活起來的獨家配方

十多年前，我開始了英國北部約克夏方言的學習。自從住在倫敦開始，原本對於英語的各種腔調，沒有抱著特別想法的我，開始對於每個英語區獨特的方言表現，有了非常不同的看法。標準語雖然好，但是地方語才是讓一塊土地活起來的獨家配方。

就像倫敦的東城 Cockney 英語。濃重的澳洲腔。混雜了華語及馬來語單字和腔調的新加坡 Singlish，無論外人如何取笑，約克夏方言也一樣被當地人珍視著。

那麼，先說結論——語言學習的最後臨門一腳就是「語感」。

一定要解釋什麼是「語感」很難，但是覺得自己適合學語言的人，通常都很能意會語感這東西，但是從來沒有學習過另一個外國語言或是方言的人，很多就會納悶完全無法理解。

語言通常都是先普遍使用之後，人們才將使用的習慣整理後，發現了一定的規律，變成文法。也就是說，文法是語言學家為了讓後代或外國人更加瞭解語言而整理出來的簡單易懂的規則，世界是沒有哪個語言是先訂出文法規則，才開始發展語言的。

除了一種語言例外——世界語（Esperanto）。世界語號稱是最為廣泛使用的人工語言。波蘭眼科醫生柴門霍夫（azarz Ludwik Zamenhof）在一八八七年創立了這個語言的基礎，目標是作為全人類共通的國際輔助語言，而不是用來取代世界上已經存在的語言。根據統計，今天以世界語為母語的人士約一千人。能流利使用的人估計十萬到兩百萬人。

文法本來是語言規則簡單易懂的總結，但是只要學習過文法的人，無論學的是哪一種語言，包括是自己的母語也一樣，一定會很快就因為枯燥、麻煩而放棄，寧可直接開始學習會話，就好像線上遊戲，應該不會有人每個都先長時間研究好攻略本才開始玩的吧？肯定都是先無厘頭摸索一番，大部分的規則就算沒有說明自然而然也就搞清楚了，只有遇到那些一直無法突破的瓶頸，才會想要拿起攻略本查閱，通常都會茅塞頓開、恍然大悟。這個摸索規則的過程，我們靠自己建立起來的系統不是文法，而是「語感」。

正因為文法並非語言的起源，因此無論什麼語言，語法規則的例外也一定不少，不像數學方程式那樣規則。但是我們對於自己母語上各種文法上的例外，可能一點都沒有感覺有什麼奇怪的地方，但是對於正在按照文法規則學習我們語言的外國人，可能就很頭疼了，如果這時候，外國人問我們為什麼這時候要這樣說，其他時候卻不這麼說的時候，我們大多時候也恐怕說不出個道理，只能勉強說：

「因為這樣比較順。」

「不這樣的話，聽起來怪怪的。」

用語聽起來不怪，很順暢，感覺對了，通常就是對的，這就是語感，不是文法。

讓人感覺特別性感的口音

美國人說 garage 的時候，重音一定在中間，念成 ga'rage，意思也多半是停車場或車庫。

可是當英國人說 garage 的時候，重音卻一定在前面，念成 'garage，意思多半指的是加油站附設的修車場。

誰是對的？誰是錯的？

再拿 schedule（行程）來說好了，美國人一定念 s-'ge-dule，重音在中間，是個有著三個音節的字，但是英國人肯定念 'she-dule，重音在前面，只有兩個音節。

誰是對的？誰是錯的？

語言因時因地制宜，是沒有對錯的事，這是爲什麼我在跟母語非中文的朋友提到 Skype 這個網路通話的程式時，肯定說成 skaip，但是只要面對說中文的人，我就一定要說 skai-'pi，如果我跟不懂中文的人說 skai-'pi，或是跟中文使用者說 skaip，一定沒有人聽得懂，就算聽懂的人也一定會認爲我說錯了。問題是 Skype 這個軟體，既不是中文也不是英文，可是在世界不同的角落，卻都有各自堅持要怎麼說才對的念法。

語言的發音，大部分時候就是這麼霸道的事情，只有跟著環境走才是對的。這樣的發音，應用在日常生活的會話裡，就叫做「鄉音」。

學語言如果不學口音，那麼很多時候就算對的也是錯的。這是在英國北部約克夏的鄉村生活，教會我最重要的功課。

許多人在學語言的時候，決定只要讓對方可以聽得懂，就不用再學了，可是外國口音太重的時候，有時很難讓人專心聽你要說的內容，因爲聽起來太不舒服了。當然，有些外國口音讓人感覺特別性感，但是很可惜從來指的都不會是中文：

「哇！你的英文有濃濃的中文口音耶，超性感的！」

從來沒聽過有人這麼說過吧？

所以當我們在學習外語的時候，也會盡量努力同時學習標準的發音。以美式英語來說，這種標準音就是中西部大湖區的英語。如果你遇到一個來自俄亥俄州哥倫布市來的美國人，無論對方的教育程度如何，他的每一句話，在你的耳裡聽起來，都像是語言教學節目的老師。

可是當我們學習了標準口音，到了一個地方口音很重的英語地區，像是英國北部的約克夏郡，並不會因此讓當地人感覺很舒服，反而怎麼聽都覺得怪怪的。

這就好像北京來的陸生交換到台灣南部的大學時，明明對方的中文發音比我們的同學標準許多，卻覺得無論怎麼聽起來都很嚴肅，好像突然不小心轉到中央電視台的新聞評論節目，台灣學生也因此忍不住問一些關於共產黨、一胎化這種平時自己也不怎麼關心的奇怪問題，反而從福建來的陸生，因為口音跟台灣南部比較相近，讓人鬆了一口氣，很快就打成一片，搞不好第一天晚上下課就約去唱ＫＴＶ。

但是，我們可能對於自己充滿偏見的行為毫無意識，京片子讓我們立刻聯想到政治，閩南口音立刻讓我們聯想到逛夜市，其實這跟這兩位交換陸生的個人特質，可能一點關係都沒有。

當我們自己是那個外來者的時候，我們的口音，也會很容易下意識讓對方對我們產生誤解。如果我們意識到這一點的話，自然就會覺得口音的無比重要性。

美國加州人的英語原來也是一種方言

就算我們認為美國人都講美式英文，但就算在美國，語感也都因地方而很不相同，像我因爲長時間住在美國東岸，對於美國西岸，尤其是加州人的講話方式，常常覺得難以接受，反之亦然。但這並不是巧合，因爲所謂的加州英文（California English）根據維基百科，也被認定是英文方言的一種。

加州女孩的口音特別明顯，她們說話的方式跟所謂 Valley girls 的形象很吻合，又甜又軟，講話的時候好像嘴形都要弄得又大又扁才行，而且所有的連接詞都是「like」，講到一半還在想的時候也一定會用「um……」填滿，詞彙中自然而然加入了很多來自墨西哥的西班牙文，還有中文、越南文的單字，尤其表現在食物上，從台灣的珍珠奶茶到越南河粉，泰國的酸辣椰汁雞湯，對於外地人來說，簡直就是鴨子聽雷。

因爲好萊塢在加州，所以無論來自什麼地方的演員，都要在最短的時間內，學會加州人說話的方式不可，否則就很難找到演藝工作，加上全世界都看好萊塢製作的娛樂影片，所以加州方言就變成全世界最熟悉的英語方言，全世界許多「看電視學英語」的學生們，不知不覺就潛移默化學習加州方言，甚至認爲「英語本來就應該這樣」。

回到英語起源的英國，在地的英國人都知道說到「猴子（monkey）」就是£500 英鎊，說到「小馬（pony）」就是£25，£1 英鎊常被稱爲 nicker，大部分英國人一定以爲這是英國傳統的說法，不曉得其實這是十九世紀從印度打仗回來的阿兵哥輸入英國的，還有如今簡訊中常用「dat」代替「that」，年輕人口中形容一個東西很「sick」指的不是很糟，而是「超酷、超讚」，其實是西非、加勒比海牙買加移民帶來的用法，都說明了共同的一件事：方言跟語感，早已經超越了文法對、錯的規則，也不是語源的問題，而是蛋糕上那顆讓人垂涎的草莓，雖然跟蛋糕本身好吃與否沒有關係，但是如果有，卻會在觀感上大大加分！

第 9 堂

越感受自己的無知，對世界越好奇！

我學電腦語言和旅行

學習理由 語言讓世界變寬闊，更有趣，
一輩子都不會有無聊的一天。

學習祕訣 因為工作與來自世界各地，
六十個國籍的語言高手共事。

重新想想「幸福感」這件事

許多中國人的父母過度強調孩子的早熟早慧，孩子從小到大因此活得規規矩矩，少年老成，三十多歲扛起背包旅行才第一次感覺年輕，五十多歲功成名就後才開始泡夜店，就像好萊塢電影「班傑明的奇幻旅程」裡描述那個出生時是老頭，臨終前終於變成嬰孩的男主角那樣，生命是反著活的。西方人眼裡看來滑稽甚至有點恐怖，但大多數這一代的中國人都能理解。

也有一種人，當上班族一大早爭先恐後上班的時候，才跟別人反方向搭著地鐵回家睡覺，我們無法理解這種人的生活方式，這樣的人如果不是壞人，正好留長髮，又有辦法爲生，就一律管叫「藝術家」。這樣性格的人，會選擇跟從歐洲出發一路往亞洲前進的旅行者背道而馳，從北京的後海喝杯啤酒後就搭便車出發去德國，想必也沒有人覺得太訝異，反正就是喜歡把路倒過來走的那種人，要是能像黃明正那樣倒立著過日子看世界的話，恐怕也會這麼做。

有意思的是，這種特立獨行的人，不分種族國籍排成一列擺在一起看起來，卻無論穿著打扮神采態度都很像，不信的話去隨便一家標榜地下音樂的酒館混一個晚上。

因爲這個時代，就連不一樣，都不一樣得很相似。

《出走，搭車去柏林》的作者，來自北京的獨立紀錄片導演劉暢，跟他的哥兒們谷岳，這輩子只在十多年前正式上過一個月班的朋友，兩個藝術家，一個沒什麼存款卻有氣喘，另一個活到三十多歲沒出國自助旅行也沒住過青年旅館，卻憑著對於世界的想像，跟一本過期好幾年的旅行指南書，一路從北京搭車去柏林，亂七八糟、顛顛倒倒，以爲這一路會看清世界，結果看得最清的是自己。

他們這趟旅行的過程，雖然跟許多背包客、驢友的路線不同，但是得到的結論，老實說跟世界上古今中外任何一個背起背包出國三個月的年輕人，都差不多。

以爲這是一輩子一次的壯遊，但到達目的地以後，才發現眞正的旅行才要開始，這點也不怎麼稀奇。父子檔自編自導自演，描述老來喪子的醫師父親，背起亡兒的背包代替兒子完成庇里牛斯山朝聖之旅「The Way」，很符合主流。接著兩人之後又籌劃起從阿拉斯加到阿根廷的旅行，也可以理解。

《出走，搭車去柏林》這整個故事眞正特別的在於故事的主角，是兩個中國的中年男人。

中國這一代都會男人的世界觀，跟世界是有距離的，基於種種內外在因素，在亞洲比起韓國、日本、港台的男女，海外壯遊或自我放逐的經驗是少的，所以看到這兩個無論是自我期許或是社會評價都很高的北京文化人，能夠放下身段，走進地圖上沒有多少著墨的機場與機場之間的虛線，用搭車的方式，用誠實的態度和開放的心胸塡滿知識的空白，走上個人派的朝聖之路，用慢遊的方式來表達對世界的敬意，眞誠的欣賞中亞的吉爾吉斯與土耳其鄉間無法第一眼看到的美好，虛心體驗勤勉的韓國人在世界盡頭的競爭力，並且回頭反思這一代中國人（主要是漢人）對陌生人的冷漠與不信任，以及中國有車中產階級對於明明是舉手之勞所表現出來幾乎可恥的功利與吝嗇，這些外頭人人都知道的事情，一旦來自外人就會被當成耳邊風的批評，如今出於菁英分子的親身經歷，或許就能形成一股內省的力量。

譬如在這趟旅行的回憶中，劉暢說到在吉爾吉斯出乎意料的美好生活經驗，讓他重新思考現代人最在意的「幸福」這件事。

他說：「簡單並快樂，就是幸福感，就好像生活盡在掌控中，哪怕天公不作美，下雪了，遇到什麼災害了，他們也能應付。如果風調雨順，他們可能會多養點兒羊，再多養點兒馬，他們的生活小富即安，有自己固定的房子，在山上有放牧點，有自己的車，子女也在大城市裡工作，小兒子在身邊服侍，人與人之間關係簡單，那種和睦感滿足感特別讓人羨慕。」

這種描述，跟陶淵明的《桃花源記》裡面描繪的世外桃源其實是極度類似的。

當然，指著開名車，戴名錶，住在豪宅裡的山西煤老闆富二代的鼻子說，「你眼前所擁有的一切所帶來的快樂，還不如吉爾吉斯的一窮二白的一介牧民」，是愚蠢的，但是對介於富二代跟窮牧人光譜的兩個極端之間，佔據這一代中國人絕大比例的中產階級來說，卻是一個極好的提醒，提醒我們中年男人也可以去旅行，提醒我們路可以反著走，生命偶爾可以倒著活，就算沒有豔遇的旅程也可以很不錯。

就像谷岳和劉暢，**透過自己的雙腳去走，用自己的眼睛去看，但是還想要更多，更想要用耳朵去聽，用嘴巴去說**，這就是許多旅行者自然而然走上學習語言的道路的故事。

我的世界，因為語言擴大了好幾倍

「如果我可以聽懂另一種語言，我想要做什麼？」

我想要去過另一種生活。

並不是我原本的生活有什麼問題。而是當我從小到大，每看到一本翻譯成中文的傳記，或是看到地理頻道播映一集上字幕的影片，都忍不住讚嘆：

「他們到底過著怎樣的生活，才會想到要做這樣的事？」

就這樣，我開始學習人生的第一種外語，果眞讓自己得以過另一種生活，但是不用擔心，我並沒有失去原本的生活。

然後我又學第二種外語。果不其然，我又體驗到另外一種生活，但我仍然沒有失去原本的生活。

難怪歌德會說「那些不懂得外語的人，等於對自己一無所知（Those who know nothing of foreign languages know nothing of their own.）。」因爲，一個人會多少種語言，

就有多少種生活。多年來學習各種語言之後，我認爲這說法千眞萬確。

我的世界，因爲語言的恩惠，變得比原本大了好多倍。

上午十點鐘，我走進新英格蘭音樂學院的威廉教室，八十多歲的鋼琴家兼作曲家 Yehudi Wyner 先生，對著每個來參加這個大師音樂工作坊的聽眾，一一詢問他們所師事的音樂家，以及前來參加的理由，一位叫做薇若妮卡的老太太，甚至帶來一本斑剝的樂譜，是她擔任樂團指揮家的父親上個世紀中期演奏過這位普立茲音樂獎得主的作品。而我是整個教室裡唯一不是音樂家的人，這個體認讓我立刻對自己失去信心，彷彿不配走進這音樂的殿堂，就算課程介紹裡清楚說著「歡迎任何有興趣的人士參加」。

「你爲什麼會來？」一九二九年出生但仍身體硬朗、頭腦清楚的 Wyner 先生問我。我注意到，他穿著 Target 平價賣場自有品牌的運動夾克。

我只能照實說，「因爲我是你的粉絲。」

他看來有點驚訝，但是立即露出笑容，點點頭表示讚許。

原來我覺得不夠高貴的理由，對這個可能是最偉大的在世音樂家來說，已經夠好了，我只是沒有自信罷了。

世界上能夠像他這樣同時是優秀的演奏家與作曲家的實在少之又少，我充分享受著分分秒秒。在工作坊中途的某個時刻，Wyner先生突然停止彈奏、詢問在座有沒有人作曲，二十個人中只有一個年輕男性舉手。

他帶著認可的眼光說：

「那你一定知道，在作曲的時候，你突然不再是一介凡人，而是超人，實際上，你是這個週末最接近天使的那個人。」

一個穿著廉價夾克的天使。

不用透過翻譯和字幕

與艾倫．狄波頓同爲猶太人的Wyner先生，在創作的時候，靈魂的昇華達到極致，掌握「創造」的力量，讓他們擁有許多凡人所不具備的自信心。充分相信自己創造能力的人，雖也會進入宗教的殿堂，但他們到教堂裡並不是爲了尋找或證明自己的生命價值。

我不是音樂家，但作爲一個文字創作者，似乎能夠理解他說的。

或許這是爲什麼，英國的戲劇演員，可以非常自由的演繹、改編莎士比亞的作品，亞洲的演員卻往往謹守古語、不敢擅自改動一字一句。英國演員能夠抱著極爲輕鬆的態度看待莎翁，基本來自於對於文化的理解和自信。

同樣的，鋼琴家 Ilona Eibenschütz 女士在彈奏布拉姆斯（Brahms）的時候，快得連舒曼的首席鋼琴家太太 Clara 都看不下去，跳出來指正，但她只是一笑置之、依舊我行我素，因爲 Ilona 女士與布拉姆斯交情甚篤，布拉姆斯晚年時常邀請她到度假小屋，只要布拉姆斯寫成的新作品，一律由 Ilona 女士當場親自彈給布拉姆斯聽，這種自信讓她能夠自由而且充分地享用布拉姆斯的音樂。

宗教也是如此。這或許說明了爲什麼後期改信天主教的菲律賓，非常執著於古老的天主教義，當梵蒂岡的天主教廷已經隨著時代而前進時，菲律賓卻還嚴格死守著全世界唯一「夫婦不可離婚」的陳規，虔誠的背後其實是缺乏所有權、缺乏宗教自信的表現。

當許多來自世界各地的觀光客到倫敦去尋找昨天的歷史蹤影時，我常常會推薦他們去被譽爲「英倫第一才子」的瑞士作家艾倫．狄波頓開設的「人生學校」去上一堂自己喜歡的課。

艾倫．狄波頓一九六九年生於瑞士蘇黎士，從八歲起在英國接受教育，曾求學於頂尖的哈羅學院與劍橋大學。通曉法文、德文及英文，才氣橫溢，文章智趣兼備，書寫主題豐富多變。身為哲學家的他，也因此對於成立人生學校這件事顯得異常自在，好像孩子去湯姆熊換代幣同樣理所當然，我喜歡他的這種態度。

人生學校位在倫敦商業街的精華區，都市人到這裡學習如何回答日常生活的重要問題，像是給那些早上賴床不想去上班的人的生涯規劃：如何跟分手情人相處？瞭解我們為什麼會說謊？如何在消費時代裡規劃有創意的旅行？如何自己一個人生活？如何變成一個別人眼中很酷的人等等，有些課是晚上開設的，適合上班族下班後或觀光客白天逛街購物參觀累了以後來，如果意猶未盡的話，也有週末全天課程。除了一起上這些不可思議的課程，學員還可以一起吃大鍋飯，參加小旅行，進行非傳統式的心理諮商，就算不打算上課的話，也可以純參觀，在附設商店購買一些有趣的，其他到倫敦的觀光客買不到的紀念品——比如孫子如何教阿嬤用手機傳簡訊的書。

但我最感興趣的，莫過於特地在天主教堂裡進行無神論者的另類佈道會，內容有趣而不可思議，像是強調作白日夢對人生的必要性等。我曾報名參加的其中一場另類佈道會，內容恰巧就是後來出現在《宗教的慰藉》一書中的〈悲觀〉這章，強調世人對於樂觀與快樂過度的追求，讓我們忽略了悲觀的價值與重要性，多麼可惜！這場佈道會在

YouTube 上可以輕易搜尋到。

狄波頓之所以會決定在二〇〇八年的夏天以社會企業（social enterprise）的方式創辦這所人生學校，我覺得跟他創作生涯的起因其實是一致的，狄波頓曾經公開表示：

「我在求學過程中感到非常失望，尤其是在大學期間，因爲學校所教的一切似乎都無關緊要。我什麼科目都涉獵過，可是內心還是覺得空蕩蕩的……我要寫我自己想看的那種書籍！」

而他所謂的那種書籍，就是利用廣義的文化來詮釋及定義人生。認爲寫一本能夠幫助人享受人生的書，這信念本身就是件很美也很重要的事情。這是爲什麼狄波頓從一九九三年開始以哲學論說文的形式，出版各式各樣的作品。

艾倫．狄波頓對於人生學校的信念，Ilona Eibenschütz 女士對於彈奏布拉姆斯的一派輕鬆，Yehudi Wyner 先生穿著廉價外套跟球鞋來主持大師音樂工作坊的自在，與信徒進入宗教殿堂時心中生起的堅定信念，還是我明明不是音樂家卻大搖大擺走進大師音樂工作坊的膽量，說穿了其實都是一樣的——當我們毫無保留享用生命熱情的時候，無論是否在聖殿中，我們都是最接近天使的人。

而我的世界，因爲這些不能透過翻譯、字幕的體驗，又變得更大了一點。爲此，我對語言，衷心充滿感謝。

這輩子都不會有無聊的一天

仔細回想起來，我人生當中學過的第一種外語，並不是英語或是日語，也不是閩南語方言，而是0與1組成的二進位電腦語言。

就像難忘的初戀，每個人都會永遠記得這輩子碰過的第一台電腦，我的那台叫做「小教授二號」。

一九八三年，當我還是個害羞的小學生時，心不甘情不願被老師派去參加一個莫名其妙的電視競賽節目，抗拒的原因，主要是節目名稱實在太土了，即使到現在說出來都還會臉紅，節目竟然叫「土豆與阿比」。

競賽的內容是二進位。節目中，有兩個隊伍比賽，題目是一個一二七以內的數字，參加的小學生要用二進位，以一排電燈「亮」、「不亮」作答。那個年代，似乎學電腦都要學二進位，連小學生也是，現在想起來覺得有點奇怪，學電腦就學電腦，幹嘛教小學生二進位呢？

當時涉世未深，不曉得二進位很怪，也不曉得這個節目是聯廣公司代理，爲了推廣以「小教授」爲名的宏碁個人電腦，在中視開設這個電腦益智性節目，晚間六點播出，將台灣企業帶進置入性行銷時代的先驅。

我只知道除了主持人朱伯陶外，「土豆」是一個對電腦很好奇的小男生陳孟佑，「阿比」則是一台機器人，命名來源是「bit」諧音爲「比」，但當時完全不懂這些深奧的道理，只知道當我在攝影棚裡發現機器人竟然不是眞的，而是用一些爛爛的厚紙板貼上銀色的包裝紙糊成的，心裡覺得很失望，錄影中場休息，機器人把頭套拿下來，赫然露出一個跟我同年紀小朋友的頭，當時我除了吃驚之外，又有點羨慕，因爲如果一定要上這種節目在全世界前面丟臉，最好是有這種機器人的外套可以穿，把自己統統藏起來。

結果我們輸給了對手，表面假裝很遺憾的樣子，其實心裡高興得不得了，因爲這代表我下禮拜不用再來丟人現眼了，開開心心捧著安慰獎《第三波》雜誌就要回家打電動，臨走之前，我跟機器人阿比直截了當的說了我對他的羨慕，「可以把臉遮起來上電視眞讚啊！」

阿比大概覺得我很上道，於是我們就交了朋友，後來知道他原來叫做萬岳偉，唸敦化國小。連續好幾年，我們都還互相寄信當筆友，信末他都會用那又大又方的字體簽名，怕我不知道他的名字，後面還會括號（阿比）。

「土豆與阿比」就像當年的「小教授」那樣被遺忘了，不知不覺我們都長大了，嚴格來說，只是從一個害羞的小男孩長成一個害羞的大人，小教授被一台叫做「老夫子」的文書處理機取代時，也沒有任何遺憾。（我的老天，當時的人都是怎麼取商品名稱的啊？）現在突然回想起來，才發現原來不只我長大，acer 也長大了，成爲世界第三大個人電腦品牌，同時是全球第二大筆記型電腦品牌，回想當時的 PC 能把主機做這麼小，也算是不簡單。

後來在童軍課學習旗語和繩結，成了我學習的第二種外語，從電腦語言、旗語、繩結、摩斯密碼，都讓我知道原來世界上有可以超越任何語言的表達方式，當然那時的我並不曉得原來已經有所謂的「世界語」，但是這些有如破解人類溝通密碼的經驗，已經足夠讓我感動得起雞皮疙瘩了。

三十歲的時候，我得到荷蘭的水手證，成爲一個合格的水手，知道更多的旗語，能夠很迅速地辨認船隻的汽笛聲；知道在大霧中航行，附近海域的船隻要如何透過霧笛讓對方知道彼此距離的遠近；還有船隻在海上相會的時候，如何透過彼此來來回回招呼的汽笛聲；也能聽到綿長的情意，當船隻駛過船員家人居住的岸邊時，雖然不能靠岸，但是透過笛聲，岸上的家人肯定正在豎著耳朵傾聽，在船上的父親如何表達著對他們的思念，我也知道如果聽到七短聲一長聲，肯定要趕快準備逃命。

因爲這些嚴格說來不算語言的「語言」，讓我從很早就明白，**學習任何一種語言，就好像童子軍學旗語，或是電腦程式語言，學習的不過是一種溝通的邏輯，不能取代真實的生活，但是會讓世界變得更廣闊、更有趣，有語言的幫助，我相信我這一輩子都不會有無聊的一天。**

學習和世界握手的方式

求學的路上，我不斷靠著語言的幫助，慢慢的走在自己人生的路上。上大學以後，靠著當筆譯賺取生活費，在平時寫小說跟散文之外，翻譯英文旅遊指南書，擔任日文家教，也將越南的戰爭小說翻譯成中文版，同時還接受商務旅行社的委託，到解體後的蘇聯地區尋訪當地的旅行業者，從白俄羅斯到西伯利亞，一一尋找合適的對象，建立合作夥伴關係。

從俄羅斯回來之後，我逐漸接受更高的挑戰，到國際會議場合從事同步口譯，工作的地點從伊朗的首都德黑蘭到澳洲布里斯本附近的日本學校，很多時候，我意識到我並不是翻譯語言而已，而是在商業上爾虞我詐的談判桌上，如何拿捏分寸，一句同樣的話不同的說法，就可能足以完全改變談判的結果。從此以後，我對於陌生的商業世界，產生了很高的好奇。

於是，在埃及唸書的期間，我決定嘗試去更深入瞭解商業的經營，以管理顧問的身分幫助埃及企業及公部門，學習日本大企業的管理技巧，從詮釋語言的人，變成詮釋文化的思維，我很驚訝世界的不同文化，原來存在著那麼多細節我連想都沒想過的差異，就好像拿著放大鏡研究蝴蝶翅膀上的紋理一樣，**我知道的越多，就越感受到自己的無知，對這個世界也就越加好奇**。

離開埃及後，很自然的到美國納士達克上市的科技公司工作，我工作的內容一開始還是跟語言的優勢很有關係，有幸跟來自世界各地，五、六十個國籍的語言高手共事，將電腦系統、軟體翻譯成七、八十種語言，有趣的是，很多同事都是從猶他州來的摩門教徒，因爲摩門教年輕男性的「成年式」，會分派到世界各地去宣教兩、三年，爲了做好「宗教的推銷員」，很多成爲除學習到外國語言本身的文法、字彙，還變成知道如何跟各種文化良好溝通的高手，成爲讓人喜歡的說話對象，因此造就出很多很優秀的語言人才，我也藉著工作時間，還有下班後一起參加家庭派對的過程中，從他們的身上學到更多跟語言溝通相關的技巧。

學習不同族群的各種語言，就像學習跟世界握手的方式，除了滿足自己對於世界的好奇心之外，我也越來越感受到，必須要開始使用這些語言，或是學習語言的能力，來爲這個世界做點什麼事才行，否則就算再怎麼快樂，也是孤單的。之後的故事，認識我的朋友大都已經很熟悉了，那就是我離開商業和科技業，進入國際NGO組織工作。

我的世界，變得更加寬廣，連自己都覺得不可思議，很多時候仍然繼續拜語言之賜，我自己成了一個移動人，爲其他的移動人工作，我們的立場跟生活狀況或許有所不同，但是本質上卻是沒有太大區別的。

每天早上，讀書聲從馬來西亞吉隆坡的阿富汗難民學校，和高層國民住宅裡簡陋的緬甸小學中琅琅傳來……

逃離北韓一路逃避官方的注意，千里迢迢穿過中國和中南半島，到泰國尋求政治庇護，再由曼谷南韓使館安排飛往首爾的難民……

還有每天透過人蛇集團安排，來自中南美洲的非法移工，帶著塗黑的水壺（避免反光被邊境警察巡邏時發現）跟少少的家當，穿過攝氏四十多度的沙漠，到美國過著躲躲藏藏的新生活……

來自印度和孟加拉的非法黑工，在澳洲的農場沒日沒夜的工作著，償還前幾年在杜拜打工失敗欠下的一屁股債務……

旅行，讓我接觸到各式各樣的人，很多是像我這樣幸運的旅行者，出於自己的夢想與意志，走上旅行的道路。然而，還有更多不得不走上異鄉道路的人。我在土耳其遇到的伊朗人與新疆人；在飛機上掛著國際人道組織的白色大牌子，對金屬飛行器完全不知所措的克倫族家庭；還有在埃及的學校一起上學的科威特學生，告訴我學校因爲戰火關閉，不得不集體來開羅的姐妹校繼續學業；還有爲了一圓開車的夢想，離開沙烏地阿拉伯的富家千金……這些人的故事，**打開了世界這個潘朵拉的盒子**，黑暗的故事跟有毒的淚水，雖然難以下嚥，卻是**改變我對生命膚淺態度的最好藥品**。

這些人，這些故事，我一生都對他們充滿感謝。

如果不是因為學習語言的話……

不知不覺，我所閱讀的書、我看的電影，甚至我感興趣的學術研究，還有我的工作，都跟這些在主流社會中的隱形人脫離不了關係。

《海裡有鱷魚》英譯本發售的時候，我立刻就買來看。這是一位義大利作家基於眞人眞事寫成的小說，是一名阿富汗少年Akbari寫的回憶錄，記述了他十歲時家鄉遭遇戰火侵襲，母親帶著他逃入巴基斯坦開始五年的難民生活，母親下落不明之後，他不得不獨自艱難跋涉，一路上打黑工、爬雪山、蜷縮在卡車底部的夾層越過邊境，在歐洲重生的故事。

獨立電影「一個更好的人生」（A Better Life）在美國上映的第一週，我立刻搭了四個多小時的巴士，特地到紐約去看「暮光之城2：新月」的導演克里斯・韋茲（Chris Weitz）的這部轉型之作，影片講的是一對墨西哥移民父子的故事，勤奮工作的父親如何在街上面對非法移民在美國生活中的危機，回家後又是怎麼面對美國化的青少年叛逆兒子瀕臨墮入黑道控制的無奈。

我最欣賞的學者之一，是個叫做 Jason De León 的年輕人類學副教授，他從二〇〇八年成立的 Undocumented Migrant Project（非法移工計劃），帶著學生從人類學的角度去收集墨西哥與亞歷桑納州沙漠中非法移民遺留的物品，研究他們在路途中用樹枝跟石頭搭建的神龕，還有那些死亡者的遺骨。

至於在國際非營利組織（INGO）的工作，更將我與緬甸內戰流離失所的克欽族人的命運緊緊相連。即使人不在緬甸境內的時候，每天我也會守在電腦旁邊，仔細閱讀每天從戰線前方的難民營輾轉傳來的最新消息。

就算回到生長的台灣，我發現自己看待這個**熟悉得不能再熟悉的環境，也有了不同的看法**。

爲了申請外傭照顧逐漸失去自理生活能力的父親，我的家庭也成爲台灣許多外勞的僱主之一。在讀了關於外勞逃跑的二十四個故事後，更戰戰兢兢的想著要怎麼把這件事情做好，我們一家人要趁她來到之前，趕緊開始去學習一些新的語言嗎？她即將居住的空間是否有足夠的隱私權？第一次離開家鄉出外工作的她，飽受思鄉之苦時該怎麼辦？如果遇到惡質的仲介，我作爲僱主該怎麼辦？

當我看到來自仲介公司的幾個候選人時，忍不住注意到每個人的履歷表底下，都有著一行小字：「願意週末不休假，兩年不拿手機。」

我不知道這是仲介自己的意思，還是反映著多年以來台灣僱主的要求，至於其他部分的資料都是手寫的，卻只有這一行，是打字列印的制式規格。

拿著這個表格，問了幾個身邊的朋友，他們都表示這是很普通的規定，甚至有些人說這是應該的：「不然我禮拜六、禮拜天怎麼辦？」

我腦子立刻浮現的疑問是，家裡有學齡的孩子，家長是不是也認爲週末、夜晚不上課是學校在找家長的麻煩？或者，根本就是因爲如此，補習班與才藝班才會在台灣如此盛行？

困惑之下，我用關鍵字上網查詢，結果立刻看到某個網站的親子討論區，有網友理直氣壯地說：

「……心裡同情她就好，該做的就是要做，太閒或太有錢就會搞怪。外勞本來就是不人道的工作，不能認同就不要請，不然只會像我一樣養了一個會帶壞人家外勞的外勞。還有，工作標準要比我們能做的再高一點，不用將心比心，因爲她們自然會有摸魚的辦法。手機的部分我覺得是犯罪的根源，可是時代不同了，沒有一個外勞可以忍受沒有手機，不管你是開放或不開放，或是限時開放，最後她們都會有一支貼身的第二生命——手機，然後就是無止境的作怪……」

我的心像被重重搥了一拳，許久說不出話來。

緬甸移工到泰國的工地和家庭工作、泰國移工到台灣的工地和家庭工作、台灣移工又到美國工作，無論我們願不願意承認，其實本質上是沒有區別的。台灣人無論到海外的高科技業、金融業、跨國公司上班，或是開店、經營餐館、開工廠，或許自認爲與爲了脫離貧困而到台灣從事勞力或看護工作的外籍勞工不同，但爲了追求更好的生活而成爲經濟移民的本質，其實並無二致。

我很想問這位在親子網站上大放厥詞的家長，如果他心愛的孩子長大以後，有一天必須將稚齡幼兒託付給祖父母，前往丹麥或美國工作追尋夢想，他們的僱主也理所當然地公開表述，認爲對待台灣人不用將心比心，一年三百六十五天不應該休假，也不准擁有手機，因爲手機是「犯罪的根源」，請問這一家人情何以堪！

深入研究在台灣外籍配偶待遇問題的藍佩嘉博士，曾經在一篇名爲〈外勞的手機政治學〉文章中，說近來的社會新聞中幾度出現「外勞卡」的字眼。「外勞卡」其實就是坊間的「易付卡」，但這種使用者以外勞爲大宗的儲值式易付卡，卻變成一種新的社會污名，反映出台灣社會對於外來客工（以及他們難以追蹤的手機號碼）的不安與不信任，內政部甚至決議要嚴格管制外國人使用易付卡，沒有看到台灣社會對於外勞的社會箝制，以及對外訊息與溝通的人道需求。

同樣的手機使用方式，我們自己稱爲「對外通聯」，與僱主同住，一天二十四小時毫無隱私權的外籍家庭幫傭與監護工，透過手機保留最後一點自我，用僅存接觸外界的管道證明自己還存在的一縷絲線，縮在被窩裡低聲與家人或同鄉交談，分享朋友傳來的短詩、笑話或圖案，用簡訊彌補爲人父母無法陪伴自己在家鄉稚齡子女的遺憾，這些充滿愛與無奈的行動，卻被稱爲「玩手機」，而且需要從政府到僱主家庭，從上到下嚴加管控。

逃跑，很多就是從這些充滿傷害的言詞，從身分不同引發心態的衝突開始的。台灣社會作爲一個整體對待東南亞外勞的負面態度，與許多泰國僱主對待緬甸、越南勞工的態度，或是美國僱主對於中南美洲移工的態度，似乎並無二致，但這不代表這就沒有關係，而是關係重要。

我有幸因爲工作與生活，同時作爲東南亞社會的一分子、台灣的一分子、美國社會的一分子，看到立場與身分在這三個社會中各自帶來的傷害，更覺得責無旁貸。逃跑不是社會的責任，是你我只要作爲公民社會的一員，就必須共同承擔的責任，既然同時生活在三個社會中，我的責任應該是其他人的三倍。

我們很少想到，自己無心犯下無知的過失，不但可能會傷害另外一個生命，傷了遠方一整個家庭的心，甚至一整個社會。就像我一個資深新聞媒體工作者的好友說的，你可以不關心這些人的命運，也可以不認同他們的決定，但是絕對不能拿他們的故事來開玩笑，對他們的死亡不能抱著不敬的態度。憑著他這番話，讓我對這個朋友更加信賴與佩服。

這些移動人的故事，提醒我們有光必有影，看到光的時候，也不要忘了自己腳下的影子，也有著一個屬於影子的平行世界，這就是移動人的故事。

如果不是**因為不同的語言提醒我常常站在不同的角度去關照這個世界**，我可能沒有辦法覺察、看懂這些影子，我對於這個世界的理解恐怕就永遠少了一半。

就像大霧中的汽笛，或是遠方水岸的旗語，**我們的一點理解，可能就會帶來一絲光明、一份希望。這也是為什麼努力學習印尼語，成了我給自己的最新功課。**

第 10 堂

學語言讓我們更愛這個世界！

我學波斯語

學習理由 到德黑蘭進行口譯工作。

學習祕訣 語言無上限，是人與人溝通的工具，不是資格。

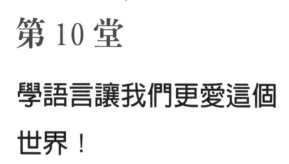

不要以為自己真的很厲害

有一件多年前發生的糗事，**我一直謹記在心，作為教訓**。

當時在工作上，時常要出國作隨身口譯，大多時候都是翻譯英語和日語，有時候翻譯泰語，並不是特別困難的工作，所以當同事問我可不可以隨行到伊朗翻譯時，我覺得應該就是把阿拉伯語花點時間複習一下，就可以了，所以很爽快的就答應了。

出發前的一個月開始，我把阿拉伯語的單字卡還有教科書找出來，按照我的進度，重新熟悉已經有段時間沒有使用的阿語，對於能夠親身到很不容易前往的伊朗，抱著非常期待的心理。

可是當我到德黑蘭的時候，才發現一件非常非常嚴重的事情：伊朗講的是波斯語，不是阿拉伯語。這應該是常識，我不知道是鬼打牆了還是怎樣，竟然從答應到成行，幾個月的期間，完全沒有想到這件事，一直以爲波斯語是用阿拉伯字母拼寫的，所以就是阿拉伯語，實際上是完全不同的兩件事。

我的責任是要翻譯，卻不會需要翻譯的語言，這還得了？我連夜跟隔天要開始的國際會議主辦單位商量，問他們的同步口譯有什麼語言。幸運的是，當時他們有阿拉伯語跟法語、德語的同步口譯，結果後來的那三天，我都是聽著波斯語翻譯成阿拉伯語，我再從阿拉伯語翻譯成中文。一直到會議結束以前，我每天晚上都睡不著，除了緊張之外，也很自責，不敢相信自己怎麼會這麼不負責任，這麼大意。

事後我檢討自己，很多時候，總是聽到身邊的人讚美我學習語言的能力，是否因爲這樣，就以爲自己眞的很厲害？可是怎麼會連沒有學過的語言，都毫無感覺的就答應了呢？雖然那場國際會議在其他口譯者的幫助之下還算順利結束，但是我自己覺得非常慚愧，從此也對於語言這件事情，**抱著更謹愼、更謙卑的態度**。

我告訴自己：這樣的錯誤，**一輩子不能再犯第二次**。

完全怪罪因為老師不夠好？

之前說到辜鴻銘、徐志摩跟陸小曼講茶壺跟茶杯的故事，就讓我想到另外一個跟茶壺茶杯有關係的小故事。

故事大意是說，有一個滿懷失望的年輕人千里迢迢來到法門寺，對住持釋圓禪師說：

「我一心一意要學丹青，但是至今還沒有找到一個令我滿意的老師。」

釋圓禪師問他：「難道那麼多的畫家就沒有一個比你強的嗎？」

年輕人答：「許多人雖然也很有名氣，可我看到他們的畫作之後，覺得徒有虛名，有的畫得還不如我呢。」

釋圓禪師說：「既然如此，就請施主給老僧留下一幅墨寶吧。」說罷，讓小和尚拿了筆墨紙硯來。

年輕人也不客氣，拿起了筆就準備開始畫，但是他落筆前還是問了釋圓禪師一個問題：「請問師父想要一幅什麼樣的畫？」

釋圓禪師答：「我素來愛喝茶，請你就畫一壺一杯如何？」

年輕人欣然落筆，很快就畫出了一把傾斜的水壺和一只造型典雅的茶杯。而那壺嘴裡正徐徐地吐出一脈茶水，注入下面的茶杯中。

畫完之後，年輕人對自己的作品看了又看，感到很滿意，於是請釋圓禪師上前觀看。原以爲會得到幾句讚美之辭，沒想到釋圓禪師看了幾眼畫作之後，很失望地搖了搖頭。年輕人問：「師父不滿意這畫？」

釋圓禪師指著畫道：「你畫得確實不錯，只是把壺和杯的位置放錯了。應該是杯在上，壺在下才對。」

年輕人聽了十分的不解，笑道：「師父糊塗了吧，哪有茶壺往茶杯裡注水，而茶杯在上壺在下的道理？」

釋圓禪師聽了年輕人的話後，也笑道：「原來你也明白這個道理啊！你渴望自己的杯子裡能注入那些丹青高手的香茗，但是卻把你的杯子放得比那些茶壺還要高，試問那些經驗與技藝你又怎麼能學得到呢？」

我之所以會想到這個故事，是因爲時常聽到許多學語言的人，抱怨老師程度不好不會教，教材不好學不快，教法不好沒辦法，同學不好拖延進度，在台灣學外語的環境不好，老師的口音不好，奇怪的是，千不好萬不好，就是**沒有人說自己一個語言學了三個月卻還無法應用，是自己不好**。

很多學過好幾種外語的人，最後都說：「學到後來，我知道我學一個語言，真正需要的，不過就是一本字典跟一本文法書。」但是這並不代表拿著字典記單字、把文法都背下來的意思。就像學畫一樣，沒有人規定沒有名師（甚至沒有任何老師），就不能學畫，老師好不好固然重要，但是以老師不夠好當作藉口，應該任誰聽了都會覺得很可笑吧？

學習語言就跟學畫一樣，世界上也沒有任何一種語言，是不能自學的。

不要懷疑自己學習的能力

你真的需要一個俄文老師，告訴你俄語有三個時態嗎？

你真的需要一個西班牙文老師，告訴你西班牙文單數後面加 s 就變成複數嗎？

只要有足夠的動機，不介意下工夫，持續不間斷地學習，無論認爲自己的資質聰慧或是駑鈍，**任何人幾乎都可以透過自學，學會任何人類使用的語言**，自學學習不到的語言有沒有？當然有，但是我們說的是非常少見的少數民族語言，像是皮拉哈語，書店裡或網路書店不能買到皮拉哈語的教材，當然就讓自學變得困難重重，但除非你要學習的語言是這種世上極爲稀有的語種，否則我相信只要買得到教材的語言，自學都是可能的。

當然，**學語言就像學習任何一項新東西，是要下工夫的**，不要聽信坊間什麼睡眠記憶法，或是超簡單的速成法，**下工夫不一定就表示很辛苦，下工夫的同時，可以是充滿樂趣的**。

很多人因爲在學校沒能學好外語，就認爲自己語言特別沒天分，實際上我在學校學習語言的經驗，也沒有好到哪裡去，所以**千萬不要因為過去在學校的經驗懷疑自己學習語言的能力**。

在自學的路上，一定會遇到很多潑冷水的人，告訴你這樣學語言是不可能成功的，並且用他們自己失敗的例子來作爲證據，但是我覺得別人的意見頂多當作參考就好了，或是試著分析他們學的語言是什麼？他們用什麼樣的教材？他們學了多久？他們學習的動機夠強烈嗎？還是隨便學學而已？他們是在持續、有紀律的學習之下，仍然失敗的嗎？不妨禮貌性的反問這些問題，你可能就會發現，他們**失敗真正的原因，根本就是「懶」**！但是除非你很討厭對方，否則可以的話不要戳破。

自學語言只是比較不尋常罷了，並不代表會比較困難。就像有些人買了運動器材回家，但是一次都沒用過，因爲覺得身邊沒有其他人一起運動缺乏刺激，所以眞的要運動的話，還是要到健身房或運動中心，但是這並不表示在家運動比較沒有效果，而是很多人不願意面對如果獨自行動，失敗很顯然就是自己的錯，寧可有其他的藉口，讓自己好過一點，比如說減肥失敗，如果可以把責任推到運動中心人太多，器材老舊，教練不認眞，距離太遠，時間不夠，就會覺得好過一些，而不需要承認自己也知道的事實：這一切根本就是自己的問題。自學語言也是一樣的，如果自己在家學學不好，除了責怪教材不好之外，實在沒有什麼可以推託的，這跟向釋圓禪師抱怨找不到好的丹青老師的年輕人，有什麼不一樣呢？

一開始自學語言的時候，身邊家人朋友完全不看好，是很正常的，但是眞正讓我覺得難過的是，當我眞正自學成功了，同樣的這些人，不是覺得「別開玩笑了，哪有可能？你眞的這樣出國的話很危險吧？我看還是去報名再上一點課好了……」，否則就是說：「你果然是語言天才，我們一般人哪有可能做到！」很遺憾的是，從來沒有人說：「太好了！那我也要來自學！」

所以要先做好心理準備，自學本身不難，但是**身邊的種種雜音跟不看好的悲觀論調，可能會影響你的學習**。

至於要學多久呢？以摩門教訓練傳教士的標準來看，大部分的語言密集學習的話，兩個月應該是足夠的，如果平常還有很多其他的事情，只能每天花一、兩個小時的話，應該是兩百個小時，也就是說如果每天投資兩個鐘頭在學習一門新的語言上，一百天後，應該可以有不錯的基礎程度。

最後我忍不住要說，那些因爲懶而減肥失敗的人，無論有沒有去健身房，有沒有請個人教練，其實都會失敗。會成功的人，隨便買一片特價的有氧運動ＤＶＤ，或是隨便一本運動分解圖說的書，在家自己努力，也都會成功。懶惰的人失敗的原因我們都很清楚，不是因爲哪個特定的方法沒效，實際上**只要每天持之以恆，無論什麼運動方法都很有效，語言學習，當然也是如此**。

一個人會七十二種語言，可能嗎？

很多平常疏於運動的女生，稍微活動一下，立刻就在臉書上的動態大寫特寫「肌肉變很大怎麼辦？我不想變成金剛芭比！」我看了立刻就笑出來，想要煩惱因爲肌肉太結實，看起來像健美小姐那樣太壯碩？小姐，請照照鏡子，妳還差得遠哪！

學習語言也是這樣，很多人才剛學了一點點第二外語，立刻就說：

「我看還是不能把西班牙文學得太好，不然我英語的基礎都會被影響。」

每次聽到有人煞有介事的這麼說時，雖然禮貌上必須面帶微笑，但是我心裡已經笑得快要得內傷了。

語言被視爲人類獨一無二的認知能力的一部分，但這種認知天賦的上限是多少還是一個不解之謎。雖然科學家對於疾病或創傷對人的語言能力有什麼損害，還一直有新的發現，但是有一點是語言學家都同意的，那就是理論上人類**學習語言的數目，並沒有上限**。

麻省理工學院的心理語言學家蘇珊娜・弗林認爲，人沒有理由不能學很多種語言。

「事實上，除了沒有時間、沒有機會接觸某種語言等因素外，人類學習語言的能力是無限的。你懂的語言越多學起來越容易。」

哈佛大學的心理語言學家史蒂文．平克也同意這種觀點。當問及在理論上有什麼理由說明人不能學幾十種語言時，他回答說：

「我想除了最終衝突（類似的語言會和其他語言產生衝突）以外，沒有任何理論上的原因。」

所以人要學到多少種語言，才會遇到這種所謂的「最終衝突」？奧地利因斯布魯克大學的語言學家菲利普．赫迪納認爲他的答案是**七十二種語言**。但是他的意思並不是因爲學了七十二種語言後就會遇到認知天賦的上限，而是很現實的問題：假設每種語言有兩萬個單字，即使能過目不忘，每分鐘記一個詞，每天十二小時不停地學也得花五年半時間才能掌握這些語言，更不用說參加其他活動了。

「如果一個人會說七十二種語言的話，你覺得這可行嗎？」語言學家菲利普．赫迪納說。所以不是不能學，而是超過了一個界線之後，實在找不出爲什麼非學那麼多語言不可的理由，而不是因爲學習多種語言的人，大腦跟普通人有什麼特別。加州大學教育和語言學榮譽教授斯蒂芬．克拉舍寧就說過，和常人相比，所謂的「語言天才」只是學習更刻苦，他們**對於自己所學到的東西會有更深刻的理解**。他以匈牙利人洛姆・卡托作為研究案例，洛姆女士在冷戰時期當過翻譯。她在小學裏學的是德語，一九九六年克拉舍寧在布達佩斯遇見她時，**八十六歲**高齡的她能說**十六種語言**，包括中文、俄語和拉丁語，當時已是高齡的她還在學希伯來語。洛姆女士說，她覺得自己在語言上沒什麼特殊的天賦。她聽課學了華語和波蘭語，其他語言都是自學，透過讀小說、查字典或教科書。她最喜歡的學習方法是讀小說。據克拉舍寧說，洛姆確確實實只是一個普通人，**除了有學習多種語言的熱情和有效的學習方法外，並無任何特殊天賦**。

所以如果每個平凡人如你我，都擁有掌握幾十種語言的能力，那麼為何只有這麼少的人能充分利用這種天賦？我也想不通，因為真的沒什麼理由，要不是因為這樣，大概也不會有人需要看這本書吧？

「資格」是只有自己能給自己的禮物

翁山蘇姬是史上除了英國女王之外，第一個被邀請到英國國會發表演說的女性，也是史上第一位不是國家元首的演講者，當我二〇一二年六月在電視上看全世界的媒體都全程轉播時，這讓我重新想「資格」這件事。

就資格來說，翁山蘇姬怎麼看都是不合資格的。實際上，二十多年前當她雖然在選舉中大勝，卻被軍政府因爲她嫁給外國人「資格不符」而取消，甚至從此過著將近二十年被軟禁的生活，二〇一一年軍政府治縣選舉國會，再度說翁山蘇姬因爲坐過牢所以「資格不符」不得參選，但是相信沒有人會認爲，翁山蘇姬不配對英國國會演說，不配獲頒牛津大學的榮譽博士學位，不配得到諾貝爾和平獎，不配在補選中跟其他在野黨候選人選上緬甸國會議員——雖然緬甸政府到現在仍然說已經是國會議員的翁山蘇姬，不能當緬甸總統，原因還是一句老話：「資格不符。」

但是我們的生活當中，整天想著要去補習考試卻忘了生活的人，或是擔心自己是女生所以不能去旅行的人，請記得，**「資格」是只有自己能給自己的禮物**，不然的話就不會有那麼多人考上駕照卻不會開車了，不是嗎？一講到學習語言，大多數的人想到的是要去上可以幫助自己通過檢定考試的密集訓練班，上完了課程可不可以拿到證照，可不可以拿著成績去國外申請學校，或是符合公司或公家機構對於進修的規定，卻**忘了語言**

的目的，應該是作為人與人溝通的工具，而不是取得一種資格。

多年前我上一個暢銷作家轉型主持人的廣播節目，主持人若無其事地說：

「你會說那麼多語言，那告訴我以下這段話的泰文怎麼說？」

接著就念了一個段落，要我當場「表演」。我乖乖的照做以後，主持人又開開心心地說，「那現在把這段話翻成日文吧！」

我當場就笑著拒絕了，因爲我如果照做完，他恐怕又會要我翻成西班牙文，或是其他的語言，如果我都能做到，叫做很「厲害」，如果我做不到，那就叫做「沒料」，我突然意識到，即使對於一個相當有見解的知識分子，對於語言原來也有那麼大的迷思，因爲：

1、**外國語言是用來溝通的，不是一種馬戲表演**。拿語言來表演的人，是旅遊風景區專門坑觀光客的小販，因爲生活的需要，所以學了一點點皮毛，靠著模仿來當謀生工具的，如果一個眞心對於外語有感動的人，應該不會拿語言來炫耀，當作茶餘飯後的表演項目。

2、**使用外國語言是需要事先準備的**。沒有人可以隨時像機器那樣在好幾種語言中瞬間切換，雖然自己做不到，但是如果別人不能這麼做，就覺得別人「程度太差」，那跟向釋圓禪師請教畫畫的年輕人，又有什麼區別？

或許是我自己的潔癖也說不定，總之從此以後，我就再也沒有上廣播節目了。

模仿，模仿，再模仿

無論是摩門教訓練年輕傳教士，還是美國軍方訓練駐外士兵，採用的方法，都是從聽力開始。先熟悉了要學習的語言「聽起來」是怎麼樣的，有了良好的語感之後，學習就會事半功倍，因爲這一派的訓練者相信，幼兒學習母語，也就是從聽開始的，然後才有模仿，反覆模仿次數多了之後，就學會了。

英國有一個跟台裔的楊小妹妹同樣十歲的印度男孩亞朋．夏爾馬，竟然能說十一種語言，其中有五種是在一年之內學會的，他靠著學華語進入全英總決賽，比楊小妹妹多了一種，他的專長就是聽覺特別敏銳。

亞朋家住在澳大利亞新南威斯州奧爾伯里，母語是英語。由於父母都是印度裔，亞朋年幼就能說一口流利的印度語。亞朋的父親是一所女子學校的教師，母親是當地社區小學的教學助理。七歲那年，他學會義大利語，八歲學會德語，九歲的時候對西班牙語又頓生興趣，剛滿十歲的亞朋，就先後學會了法語、波蘭語、泰語、史瓦濟蘭語、烏干達語、華語，亞朋的法語、西班牙語、德語和義大利語是在伯明罕的語言學校進修的，但是波蘭語、泰語、史瓦濟蘭語、華語和烏干達語，靠的都是用現成的語言教材自學。還代表學校參加了有上萬名英國選手報名參加的全英國漢語普通話競賽，雖然他的年紀最小，學習華語的時間最短，但是卻在準決賽中從三百個半決賽選手中勝出，進入了決賽。

據說他的法語水平已近乎精湛，也能用非常流利的德語和史瓦濟蘭語與當地人長時間交談。

他是國家兒童交響樂團的一員，對聲音有著極高的敏感度，聽音樂時能分辨各種音色。正是憑藉這一本領，亞朋細心聆聽各種語言的發音，得以練就高超的語言能力。

亞朋天生聽覺敏銳，自學能力非常強。聽力讓他能準確掌握發音，完美跟讀模仿。他的語言和音樂天賦是相輔相成的。他希望自己能成為一個出色的外科醫生，在世界各地行醫，用不同語言與當地人溝通。

炫耀只會自取其辱

聽力如果那麼重要，那麼聽不見的人呢？是不是他們就無法學習外語？

Kate出生在美國康乃狄克州的一個中產家庭，父親是英國的移民，直到現在還有濃重的英國口音。她的中文名字叫做孔及第，她每次自我介紹的時候，都會說：

「我是孔子後代的朋友，而且能夠狀元及第！」

Kate的父親是律師，耳濡目染之下她也從小就喜歡法律。

「……我想要做國際貿易法律方面的工作，所以除了經濟、貿易和法律的專業課之外，對我來講最重要的就是語言了。有了語言，才能走遍五湖四海，開闊眼界。」當她用流利的中文這樣跟老師說時，老師都看傻眼了，因爲實在是太流利了，但實際上她才學兩年！

不過Kate的中文老師發現這個學生除了比其他學生優秀之外，還有一點跟其他人不同，她小時候因爲一次事故，失去了大部分的聽力，所以需要用助聽器來聽到聲音。她也學習過手語，所以美國手語應該是她會「說」的第六種語言，不過她發現中國的手語和美國的有點不一樣。

在這位中文老師的網誌上，他注意到 Kate 並不算是一個很聰明的女孩，但卻是個有智慧的女孩，因爲她沒有讓自己的不幸，阻礙她對於理想的追求，反而激勵她更加的努力，付出常人雙倍甚至更多的努力。

有一些人，總是在誇耀自己會說好幾種語言，又說自己多麼的棒，通常是這種態度讓人倒盡胃口的，如果要炫耀的話，帶一只勞力士金錶還比較快，如果容許我給幾個建議的話，請記得三件事：

1、別說「我能說X種語言。」就算是事實，但是如果對方能說的語言遠遠比你多，卻沒有像你這樣當場炫耀的話，當場就自取其辱了。會說好幾種語言，沒什麼好炫耀的，如果你能夠很謙虛地說「我西班牙文還不錯，德文能讀得懂，會說一點點日文，最近開始學韓文還滿有成就感的。」這樣對方就知道你是個很實在的人，程度可能比你自己說的更好。

2、別說「我X語說得很好。」除非這個語言是你的母語，否則很有可能你自己心目中的「很好」，在別人的標準裡還差得遠，如果對方說得比你流利的話，或者你正在炫耀的語言是對方的母語，那不是很尷尬嗎？因爲只要是學來的外語，都不可能到完美的境界，如果一定要說的話，說「我X語說得還可以。」這樣會讓你得到比較多的尊重。

3、小小聲說就好，別大聲嚷嚷。我時常在捷運上，發現有些台灣人跟外國朋友在一起的時候，似乎覺得自己外語說得這麼棒，如果不說到全車廂都聽到的話，那就太可惜了，說不定同車沒有說話的人，說得比你好得多呢？就算你說的眞的很好，但是炫耀張揚的舉止，就會大大的扣分。寧可讓人覺得你不想讓別人知道你會某種外語，也不要像半桶水般。

有一個長年用法語寫作的摩洛哥作家 Tahar Ben Jelloun，他最近出版一本很有趣的小說叫做《A Palace in the Old Village》（老村莊的宮殿），裡面說一位從摩洛哥移民到巴黎郊區，住在政府國宅的主角穆罕默德，在雷諾車廠的生產線上貢獻所有的青春歲月後，突然發現自己很空虛：

「我的孩子有著阿拉伯的長相跟動作，但是他們卻宣稱已經被『同化』了，我從來就不知道這個字是什麼意思。」

穆罕默德唯一的安慰，是來自唐氏症的外甥納比爾，他對納比爾視如己出，納比爾也給他毫無保留的愛，驚覺自己過去四十年在法國的生命竟是一片空虛，穆罕默德決定要回到他故鄉的小村莊，用他的退休金蓋一棟全村最大的豪宅，因爲這樣他所有的孩子跟孫子，就會想要跟隨著他回到故鄉。整部小說，就圍繞在不識字的穆罕默德，他變成自己故鄉文化的階下囚，就算在巴黎四十年也無法瞭解、進入法國的生活方式，也不能理解他自己「被同化」的孩子。

所以如果沒有學習語言背後所繼承的文化，無論學習再多的語言本身，也不見得能夠達到溝通的目的。

表達尊重與誠意的方式

我很不能同意學習外語是像語言中心的廣告說的那樣「征服世界」，語言其實是**人與人之間展現尊重與誠意最好的方式，而不是用來當作武器**。

當我們遇到母語是我們正在學習的外語的人時，應該要抱著非常開心的心情，**讓對**

方當你的老師，不管時間是長是短，**讓對方糾正你的錯誤**，而且要讓對方知道你很開心接受更正，而不是露出懊惱或是丟臉的樣子，這樣對方才敢放心的說眞話。

雖然不可能每一開口的每個句子都很完美，但是至少一些基本的短句或日常對話，像是打招呼、自我介紹，爲什麼我對學這個語言有興趣，或是我是怎麼學的，這些話應該要能夠說得非常好，字正腔圓，這樣才有辦法給對方好印象，也知道我是認眞要學這個語言的，而不是隨便學兩句。

如果對方不是很不耐煩或是不禮貌的話，不要發脾氣，也不要難過，反而要注視著對方，聽對方到底要說的是什麼。可能你在一家自助餐廳裡，問服務生某一道當地菜色的名字，問題是你後面可能很多人正在排隊，你選擇問問題的時機不對，可以等人潮散去以後，跟服務生道歉，說眞不好意思，給他添麻煩，對方的態度可能會有一百八十度的大翻轉，知道你跟一般的觀光客不一樣。

有時候我們試著用德文問問題，對方卻用流利的英文回答，或是用日文發問的時候，對方卻回答中文，這可能有兩個原因，一是你的德文、日文眞的太爛了，他知道就算他用德文、日文回答，你也聽不懂，第二個可能是，對方想要炫耀他自己的外語能力。不管是哪一種，先讚美對方：「你的英語（中文）說得眞好！」然後解釋你來到他的國家，想要學他們的語言，這樣通常就可以解決這個尷尬的情境。

如果某個單字聽不懂的時候，等對方句子說到一個段落的時候，禮貌地說：

「抱歉，我不懂你剛才說××是什麼意思？」

同時把一張空白的單字卡交給對方，請他幫你寫下來。

當然，在語言基礎還太初級的時候，這招沒什麼用，因為你可能每個字都聽不懂，對方不會有時間把每個字都寫下來。所以有一些基本的招呼語跟日常用語，必須要先學得非常熟練，而且發音練到很標準才行。

這些基本用語包括：

你好！早安！午安！晚安！如果有流行的非正式招呼語，能夠讓你聽起來比較融入的話，趕快學起來！比如說 Hey Buddy 可能就在非正式場合比聽到課本上的 How do you do? 讓人覺得舒服得多，不會掉滿地的雞皮疙瘩。

我的名字是……

你今年幾歲？

你從哪裡來的？同時也要準備好自己的回答。

你結婚了嗎？問的同時也要確定你自己知道該如何回答。

我正在學習你們的語言，但是還學得不大好。

如果對方很粗魯的時候，只要說「眞抱歉，我不明白你剛才說××的意思是什麼。我正在學習你們美麗的語言……」任誰都會瞬間軟化態度吧？

這個字要怎麼說？

可以拜託你幫我把這個字寫下來嗎？可以拼給我聽嗎？

學語言讓我們更愛這個世界

話說清末民初，馬來西亞橡膠商人之子，對於學習語言非常有天分的辜鴻銘自德國萊比錫大學畢業後，又赴法國巴黎短期進修法文，他的乾爹布朗爲辜鴻銘安排入巴黎大學，意在讓他學一些法學和政治學。其實當時辜鴻銘才二十二歲，就已遍學科學、文學、哲學，並熟諳各國語言，造詣確非一般中國留學生可比。

那一年，辜鴻銘以極快的速度讀完了巴黎大學整學期的講義和參考書，除偶爾去學校上點感興趣的課以外，每天都抽一點時間教他的女房東學希臘文。從剛開始教她學希臘文字母那天起，辜鴻銘就教她背誦幾句《伊利亞特》。他的女房東笑著說：

「你的教法眞特別，沒聽說過。」

於是，辜鴻銘就把布朗教自己背誦《浮士德》和莎翁戲劇的經過講給她聽。女房東說：「好，那我就這樣學下去。」

辜鴻銘說：「等你背熟一本，你就會想要背兩本，攔都攔不住。」

辜鴻銘的女房東常常拿著《伊利亞特》來到他的房間，把學過的詩句背給他聽，請求他的指點。辜鴻銘的教法果然有效，他的女房東在希臘文方面進展神速。許多客人見辜鴻銘教她學希臘文的方法與眾不同，都大爲驚訝。

辜鴻銘後來曾對晚清直隸布政使凌福彭說：

「學英文最好像英國人教孩子一樣的學，他們從小都學會背誦兒歌，稍大一點就教背詩背聖經，像中國人教孩子背四書五經一樣。」（編註：參閱 http://goo.gl/4m2Xia）

從辜鴻銘教他的女房東學希臘文，就像希臘人受的純正啓蒙教育一般。這個方法乍看難度很高，其實則不然。若由字母而單詞再簡單拼句，則學習者在心理上就產生「我在學外國語言」的隔閡了。辜鴻銘還用同樣的方法，教會了他的女房東簡易的拉丁文，也不過三兩個月的工夫而已。

語言幫助人與人溝通，擅長用多種語言學習多種專業的辜鴻銘，終其一生在外交場合和私人場合，都抱著**對語言的敬意，不以語言作為炫耀的工具，也不把語言當作武器，這應該是我對於學習外語，最欣賞的態度吧！**

【延伸閱讀】

褚士瑩　完整暢銷書單

榮登博客來網路書店　誠品、金石堂書店排行榜
獲博客來網路書店　暢銷華文作家 TOP3

第73梯次
好書大家讀
入選圖書

在西拉雅呼喊全世界
褚士瑩發現台灣之旅

系列突破
100000本
激勵人生版

第64梯次
好書大家讀
入選圖書

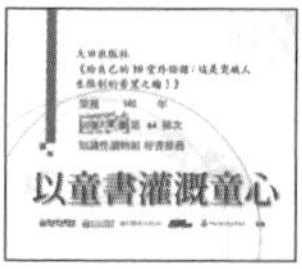

給自己的10堂外語課
這是突破人生限制的希望之鑰！

第74梯次
好書大家讀
入選圖書

誰說我不夠好？
抓住否定自己的原因，
找到肯定自己的方法

第73梯次
好書大家讀
入選圖書

2017年度
最佳少年兒童
讀物獎

我為什麼去法國上哲學課？
擺脱思考同溫層，
拆穿自我的誠實之旅

1年計畫10年對話
預約10年後的自己，
需要年年實踐與更新

1份工作11種視野
改變你未來命運的
絕對工作術

比打工度假更重要的11件事
出國前先給自己這份
人生問卷

給自己10樣人生禮物
成就動詞型的生命地圖
就在這10個關鍵

旅行魂
Travel Awakens My Soul

美食魂
全世界都是我的餐桌

55個刺激提問
把好事做對，
思辨後的生命價值問答，
國際NGO的現場實戰

我，故意跑輸
當自己心中的第一名，
作家褚士瑩和流浪醫生
小杰，寫給15、20、30
、40的你！

野蠻生長
學會放任自己，
擺脫被困住的人生

我為什麼去法國上哲學課？：實踐篇
思考讓我自由，學會面
對複雜的人際關係，做
對的決定

企鵝都比你有特色
給自己的10堂說話課，
成為零落差溝通者

用12個習慣祝福自己
養成免疫力·學習力·
判斷力

creative 142

給自己的10堂外語課（激勵人生版）：這是突破人生限制的希望之鑰

填回函雙重禮
①立即送購書優惠券
②抽獎小禮物

作　　者｜褚士瑩
出　版　者｜大田出版有限公司
台北市一〇四四五中山北路二段二十六巷二號二樓
E-mail｜titan@morningstar.com.tw http://www.titan3.com.tw
編輯部專線｜（02）2562-1383 傳真：（02）2581-8761
【如果您對本書或本出版公司有任何意見，歡迎來電】
總　編　輯｜莊培園
副總編輯｜蔡鳳儀
行銷編輯｜陳映璇
行政編輯｜林珈羽
校　　對｜蘇淑惠／鄭秋燕
初　　刷｜二〇一九年十月一日 定價：三五〇元
二　　刷｜二〇二一年九月三十日
E-mail｜service@morningstar.com.tw
網路書店｜http://www.morningstar.com.tw（晨星網路書店）
TEL：04-23595819 FAX：04-23595493
讀者專線｜04-23595819＃230
郵政劃撥｜15060393（知己圖書股份有限公司）
印　　刷｜上好印刷股份有限公司
國際書碼｜978-986-179-572-0 CIP：800.3/108012375

國家圖書館出版品預行編目資料

給自己的 10 堂外語課／褚士瑩著 .
——初版——臺北市：大田，2019.10
面；公分 .——（creative；142）

ISBN 978-986-179-572-0（平裝）

800.3　　108012375